불사왕

론도 판타지 장편 소설
FANTASY FRONTIER SPIRIT

불사왕 2

론도 판타지 장편 소설

초판 1쇄 찍은 날 § 2008년 11월 19일
초판 1쇄 펴낸 날 § 2008년 11월 28일

지은이 § 론도
펴낸이 § 서경석

편집장 § 문혜영
편집 § 이재권 · 문정흠

펴낸곳 § 도서출판 청어람
등록번호 § 제1081-1-89호
등록일자 § 1999. 5. 31
어람번호 § 제1-1008호

주소 § 경기도 부천시 원미구 심곡동 163-2 서경B/D 3F (우) 420-010
전화 § 032-656-4452 팩스 § 032-656-4453
http://www.chungeoram.com
E-mail § eoram99@chollian.net

© 론도, 2008

ISBN 978-89-251-1566-5 04810
ISBN 978-89-251-1564-1 (세트)

도서출판 청어람
론도 판타지 장편 소설
FANTASY FRONTIER SPIRIT
[사해의 마법사] II
불사왕
THE KING OF IMMORTALITY

Contents

Chapter 01
보물찾기

THE KING OF
IMMORTALLY

마경(魔境)!

대륙 곳곳에는 마물이 유독 많이 출현하는 장소가 존재한다.

래비너스 산맥은 대륙의 수많은 마경 중에서도 가장 악명 높은 곳이다.

언젠가 전성기를 구가하던 스톰폴트 왕국이 국력을 과시하기 위하여 래비너스 산맥의 마물을 토벌하러 나선 적이 있었다.

그러나 용감한 전사들이 아무리 베고 또 베어도 마물은 지독한 생명력을 과시하며 끊임없이 쏟아져 나왔다.

결국 토벌은 실패로 돌아갔고, 래비너스 산맥엔 완전히 인적이 끊겼다.

그런데 최근 들어 마경에 갑자기 사람들이 모여들기 시작했다.

그 이유는 약 10개월 전으로 거슬러 간다.

사냥꾼 하나가 길을 잘못 들어 마경 깊은 곳으로 들어갔다가 금화를 두 개 발견했다.

구사일생으로 살아 돌아온 사냥꾼이 금화를 감정해 본 결과, 천 년 전 번성하던 고대 왕국의 금화라는 것이 밝혀졌다.

산맥 깊숙한 곳을 더 찾아보면 고대 왕국의 금은보화가 더 있을 것이라는 소문이 퍼져 나갔다.

학자들도 그 소문에 신빙성이 있다고 관심을 부추겼다.

일확천금을 노리는 이들이 위험을 무릅쓰고 래비너스 산맥을 오르기 시작했다.

마물의 손에 죽임을 당하는 자들이 속출했으나 모험가들의 발길은 끊이질 않았다.

일이 커지자 스톰폴트 왕국에서도 국가적 차원에서 실태를 파악하기 위해 조사단을 파견했다.

그러나 말이 조사단이지 산을 뒤지다가 보물을 발견하면 꿀꺽하겠다는 속셈이 분명했다.

"나리, 서두르지 않으면 조사단에게 보물을 전부 빼앗겨

버릴지도 모릅니다. 좀 더 속력은 내는 것은 어떻겠습니까?
저희들 걱정은 마십쇼! 말씀만 하시면 언제든 뒤따르겠습니다!"

보물을 찾으면 몇 할인가 나눠 받기로 한 일꾼이 연신 재촉했다.

테오발트는 대답 대신 바람에 귀를 기울였다.

희미하게 창병기가 부딪치는 소리가 실려 오고 있었다.

"가까운 곳에서 전투가 벌어지고 있는 모양입니다. 살펴보시겠습니까?"

공손하게 물어오는 목소리에 테오발트는 뒤를 돌아보았다.

검은 머리카락을 덥수룩하게 길러 얼굴을 가린 소년이 서 있었다.

앳된 얼굴에 자란 수염이 다소 부자연스러운 느낌을 주었다.

테오발트는 다시 고개를 돌렸다.

"따라와라, 쿠르트."

"예."

두 사람은 일행에게 천천히 뒤따라오라고 말해놓은 뒤 먼저 숲을 헤치고 나갔다.

전투가 벌어지는 장소 근방에 다다랐을 때다.

"헉?!"

모험가로 보이는 사내 다섯이 몸을 숨기고 있다가 소스라
치게 놀라 숨을 들이켰다.

그들은 뒤늦게 테오발트의 모습을 발견하고는 안도의 한
숨을 쉬었다.

"에휴, 난 또 마물인 줄 알았잖아."

테오발트는 기척을 낮추고 근처로 다가갔다.

모험가 중 한 명이 그를 보고 킥킥 웃었다.

"네 녀석도 조사대를 뒤쫓아왔군. 조사대가 목숨을 걸고
마물을 퇴치하면 그 뒤를 밟아 안전하게 산을 오를 수 있으니
까. 젊은 놈이 벌써부터 그렇게 잔머리를 굴려서야 되겠냐?"

"떳떳하지 못한 일인 줄 알면서 너는 왜 이런 짓을 하느
냐?"

테오발트가 되물었다.

이상한 말투에 모험가는 인상을 썼다.

그러거나 말거나 테오발트는 수풀 너머로 시선을 주었다.

회색 갑주를 입은 일단의 병사가 마물과 사투를 벌이고 있
었다.

수는 대략 일백.

십여 명의 기사가 포함되어 있었고, 나머지는 잘 훈련된 병
사들이었다.

하지만 일백의 정예군에게도 마경의 마물은 벅찬 상대였
다.

그들이 버티고 있는 것은 오로지 선두에서 활약하는 기사 덕분이었다.

　백색 검광이 번쩍일 때마다 병사 열이 달라붙어 겨우 상대하는 마물이 썩둑썩둑 잘려 나갔다.

　"저 녀석이 레논 이글아이로군. 크윽, 엄청나잖아. 같은 인간이라는 게 믿기지가 않아."

　"저렇게 새파랗게 어린놈인데 말이야."

　"그런데 소드 마스터가 이런 곳엔 왜 온 거냐? 저 녀석도 금은보화가 탐났나?"

　모험가들은 풀숲에 숨어 숙덕거렸다.

　테오발트도 풍문으로 이야기를 들은 적이 있었다.

　레논 이글아이. 스톰폴트 왕국이 자랑하는 소드 마스터.

　그는 열아홉 살에 마스터의 경지에 올라 전 세계를 경악에 빠뜨렸다.

　오라 유저라면 10대 중에서도 드물게 있지만 마스터의 경지에 오른 것은 그가 최초였다.

　테오발트는 레논 이글아이를 물끄러미 응시했다.

　소년의 태를 벗고 올해로 스물세 살에 접어든 그는 소문보다 훨씬 준수했다.

　잘생긴 청년의 얼굴이 잊고 있던 이를 자꾸 떠올리게 했다.

　"홀베크……."

　마지막 순간 그도 마스터의 경지에 올랐다.

그가 살아 있었다면 지금쯤 레논에 뒤지지 않는 위명을 떨치고 있었으리라.

상념에 잠긴 동안 조사대와 마물의 전투가 끝났다.

"어이, 너도 빨리 자리를 뜨는 게 좋아. 조사대에게 들켰다간 쉽게 넘어가지 않을걸."

모험가 사내들은 테오발트에게 충고를 던진 뒤 짐을 챙겨 서둘러 자리를 떴다.

그러나 테오발트는 태연했으며 아예 일행까지 불러왔다.

덜컹거리는 소리가 들리더니 스무 명의 인부가 빈 수레 세 대를 이끌고 나타났다.

테오발트는 수레와 일행을 이끌고 모험가들과는 반대로 수풀 밖으로 걸어나갔다.

병사들은 막 치열한 전투를 마치고 지친 몸을 쉬고 있었다.

웬 일행이 수레까지 끌고 나오자 그들은 눈을 휘둥그레 떴다.

"뭐, 뭐야? 이 험한 산중에 웬 수레?"

"아무리 봐도 저거 용병은 아니지? 후줄근한 꼬락서니가 잡일꾼으로밖에 안 보이는데 어떻게 멀쩡한 모습으로 마경을 돌아다니는 거야?"

"뻔하지. 쥐새끼처럼 우리 뒤를 쫓는 놈들 있잖아. 저놈들도 같은 방법으로 여기까지 온 게 틀림없어."

"숨을 죽이고 뒤쫓아와도 참아줄까 말까 한데 수레까지 끌고 와? 이젠 아주 막나가겠다는 거지?"

병사들은 이를 갈기 시작했다.

조사대의 일원으로 참가하게 된 스톰폴트 왕실 기사단 소속 올슨은 주먹을 불끈 쥐었다.

"레논 경, 더 이상은 묵과할 수 없습니다. 이번에야말로 저 쥐새끼 같은 것들에게 본때를 보여주어야 한다고 생각합니다! 이 활로는 레논 경이 목숨을 걸고 뚫은 것이지 않습니까!"

레논의 공이 컸지만 엄밀히 따지면 조사대의 모든 병사가 피땀을 흘려 만든 활로이다.

올슨은 은근슬쩍 레논의 활약을 강조하며 아부를 하고 있었다.

곧 다른 기사도 아부성 발언에 동참했다.

하나같이 연줄을 만들어 출세하는 일에 아주 지대한 관심을 가진 기사들이었다.

그러나 사회라는 게 결코 만만치가 않다.

소드 마스터 레논은 대화 한번 나눠보자고 손을 비비는 자들에게 눈길도 주지 않았다.

"올슨 경 좋을 대로 하시지요."

그는 흥미없다는 티를 노골적으로 내며 천으로 검을 닦기 시작했다.

누가 봐도 아무렇게나 대꾸한 것에 불과한데 올슨은 마치 어명을 받은 것처럼 테오발트의 앞을 가로막았다.

"거기 멈춰!! 이 기생충 같은 놈들!!"

"정지."

테오발트는 잠시 일행을 멈추게 했다.

그는 가볍게 눈살을 찌푸리며 물었다.

"누가 기생충이라는 것이냐?"

"아니라고? 그럼 이 수레는 다 뭐야?"

"보물을 담기 위한 것이다."

올슨은 당장에라도 폭발할 것처럼 얼굴을 시뻘겋게 만들었다.

"잘도 보물을 담겠다는 소리를!! 이 뻔뻔한 새끼야! 네가 저 너절한 일행을 이끌고 여기까지 올 수 있었던 것이 누구 덕이라고 생각하느냐!"

"당연히 내 덕이지."

"뭐?"

"그보다 말버릇이 아주 고약한 놈이로구나. 명색이 기사라는 자가 예의가 없군."

"하아?"

"품위도 없고."

테오발트는 품에서 담뱃대를 꺼내 입에 물었다.

쿠르트가 언제 성냥을 꺼냈는지 담뱃대에 불을 붙였다.

올슨은 그걸 보고 오히려 화를 누그러뜨렸다.

그는 의심적은 얼굴로 물었다.

"그쪽 신분이 어떻게 되는지……?"

말투가 고압적인 것으로 보아 의외로 신분이 높은 사람일 수도 있었다.

여차하면 바로 태도를 바꾸겠다는 심산으로 올슨은 슬그머니 말꼬리를 흐렸다.

테오발트는 잠시 생각에 잠겼다.

베르그이젤 백작가는 오명을 뒤집어쓰고 멸문당한 상태였다.

비록 이곳이 둠 왕국이 아니라 대륙 북부에 위치한 스톰폴트 왕국이지만 당당하게 신분을 밝힐 만한 상태가 아니다.

그는 대충 대꾸하기로 결정했다.

"평민일까나."

"뭐, 뭐야? 이 새끼가 평민 주제에!!"

"기사로서 예우받길 원한다면 그 입버릇부터 어떻게 해라. 정말 들어주기 괴롭구나."

"…진짜로 평민?"

사실 귀족도 새파랗게 어린 나이에 저런 말투는 쓰지 않는다.

그러나 평민이 사용할 말투가 아닌 것은 확실하다.

벌컥 언성을 높였던 올슨은 자꾸만 의심이 들어 다시 한 번 물었다.

테오발트는 피식 실소했다.

"신분을 확인하기 전에는 화도 낼 수 없구나. 그렇게 절차가 번거로워서야 어디 지나가는 개미 하나 밟겠느냐?"

올슨뿐 아니라 옆에서 대화를 주워듣던 병사들도 기가 막혀 잠시 할 말을 잃었다.

주위가 소란하자 레논도 검을 닦는 걸 중단하고 관심을 보였다.

그때 갑자기 주위가 소란스러워졌다.

"마물이다!! 비상! 비상!"

크르르르.

다급한 외침이 떨어지기가 무섭게 늑대의 머리와 인간의 몸을 가진 마물이 등장했다.

으르렁거리는 소리가 사방에서 들려왔다.

전부 보이지는 않지만 소리로 미루어 엄청난 숫자가 이 일대를 완전히 포위하고 있는 것 같았다.

병사들은 기겁을 하며 무기를 거머쥐었다.

"비, 빌어먹을! 지독한 마물들!"

"크으, 이제 겨우 숨을 돌리던 참인데."

여기저기서 신음이 섞인 목소리가 터져 나왔다.

병사들이 잔뜩 긴장한 데 반해 테오발트와 그가 데려온 스무 명의 일꾼은 아주 태연했다.

마물이 커다랗게 포효하며 달려나오자 일꾼들은 눈을 끔뻑거리며 테오발트를 쳐다보았다.

"나리, 저거요."

"알았다."

테오발트는 목을 가다듬고 마물이 가득한 곳에서 난데없이 노래를 하기 시작했다.

숲 곳곳에 그의 목소리가 퍼져 나갔다.

"……!"

순간 모든 이들이 움직임을 멈췄다.

병사들은 둑 터진 듯 밀려오는 신성한 기운에 놀랐기 때문이고, 마물들은 신성력에 움직임을 봉쇄당했기 때문이다.

크허헝!

크아아악!!

마물들이 하나둘 괴성을 지르며 바닥에 몸뚱이를 처박았다.

놈들은 무거운 돌덩이에 짓눌린 것처럼 몸을 일으키지 못하고 사지를 부들부들 떨었다.

"찬트!"

뭘 좀 아는 병사가 경악성을 내질렀다.

찬트란 찬송가에 신성력을 싣는 것을 말하며, 커다란 공격성은 없으나 마성을 가진 것들을 제압하는 힘이 있다.

테오발트는 빨리 마무리하라고 손짓을 했다.

일꾼들이 신호가 떨어지자마자 우르르 제압당한 마물에게 달려갔다.

그들은 야삽이나 곡괭이 등의 연장으로 마물들을 마구 두들겨 패기 시작했다.

연장이 없는 자도 있었는데 그는 마물의 머리 위로 뛰어올라 가 두 발로 죽어라 밟아댔다.

"이익, 죽어라! 죽어라! 죽어라!"

깽! 깽! 깨갱!

조사단 소속 일백의 정예병과 십여 명의 기사는 창병기를 꼬나 쥔 채 망연히 그 광경을 쳐다보기만 했다.

일꾼들은 떼로 몰려다니며 마물을 전부 때려죽인 다음 상쾌하게 땀을 훔치며 돌아왔다.

"후아! 나리, 전부 끝냈습니다."

테오발트는 고개를 저으며 담뱃대로 한쪽을 가리켰다.

찬트 때문에 말을 못하는 그를 대신해 쿠르트가 말했다.

"저쪽에 마물이 한 마리 더 남아 있습니다."

일꾼들은 쿠르트가 가리킨 장소로 다시 우르르 몰려갔다.

삽으로 땅을 파자 크기가 무려 30미터에 달하는 불가사리 모양의 마물이 나타났다.

"헉!"

"맙소사!"

조사단의 병사들이 마물을 보고 신음성을 토했다.

지금은 찬트에 제압되어 꼼짝도 못하고 있지만 저 거대한 촉수를 한 번 휘두르면 아름드리나무 몇 개는 쉽게 박살이 날 것이다.

그걸 상상하니 눈앞이 아찔했다.

병사들의 심정 따윈 알 바 아니고, 일꾼들은 또다시 연장으로 마물을 두들겨 패기 시작했다.

그러나 불가사리 마물은 껍질이 아주 단단하여 흠집조차 나지 않았다.

마물을 내버려 둔 채 일꾼들은 머리를 맞대고 고민하기 시작했다.

"저건 어떻게 하면 죽는 거야?"

"그걸 내가 어떻게 알아?"

"아는 사람 손?"

잠시 후 일꾼들은 촉수를 타고 마물의 등 위로 올라갔다.

"여기에 구멍이 있는데?"

"찔러보자."

그들은 곡괭이 자루로 구멍을 푹푹 쑤셨다.

마물이 등을 움찔대며 끼룩끼룩 이상한 소리를 냈다.

그동안 찬트 한 곡이 끝났다.

테오발트는 하품을 길게 했다.

찬트가 멈추자 마물이 마비에서 풀려나 몸을 비틀었다.

"끄악!!"

"꺄악!!"

"어무니!! 아버지!!"

일꾼들이 죽는다고 비명을 질렀다.

테오발트는 인상을 썼다.

"언제까지 놀 테냐?"

"저희가 언제 놀았다고 그러십니까!! 으악!!"

일꾼들은 한참 동안 씨름을 하고서야 겨우 불가사리 마물을 죽일 수 있었다.

소란을 피우는 동안 해가 하늘 가운데에 떴다.

일꾼들은 말하지 않아도 알아서 마물의 시체를 보이지 않는 곳에 치우고 점심 식사 준비를 했다.

그에 반해 조사대는 황당한 얼굴로 서로 눈치만 보았다.

레논은 유명무실해진 검을 도로 집어넣고 테오발트에게 다가갔다.

그는 아직도 믿기지가 않는지 질문을 던졌다.

"방금 그게 뭐였지?"

"찬트다."

"찬트에 마물을 제압하는 힘이 있는 것은 사실이지만 그 효과는 기껏해야 하급 마물의 움직임을 조금 방해하는 정도다. 다른 것도 아니고 마경의 강력한 마물 수백을 손가락 하나 꼼짝 못하게 옭아매는 찬트 따윈 들어본 적이 없다. 성가대가 여기서 합창을 해도 이 정도는 아닐 거라고 확신해."

"아니면 말고."

테오발트는 손을 휘휘 저었다.

레논은 실소를 터뜨렸다.

"하하, 멀리서 듣긴 했지만 네 녀석, 정말 특이한 화법을 가지고 있군. 하지만 이런 이야기를 하러 온 것은 아니고, 실은 네게 한 가지 부탁이 있다."

"부탁이라……."

지금 한가하게 남의 부탁 따윌 듣고 있을 때가 아니었다.

사실 평소 같았으면 조사대고 뭐고 그냥 무시해 버렸을 것이다.

그러나 홀베크를 닮은 청년이 자꾸 그의 발길을 붙잡았다.

'나도 감상적인 놈이 됐군.'

혼자 쓴웃음을 지으며 테오발트는 레논의 이야기를 들어 보기로 했다.

"굉장한 찬트였다. 먼저 놀라운 성력에 경의를 표하며, 마경의 보물을 발굴하는 일에 네가 힘을 빌려주었으면 한다. 물론 답례는 충분히 할 것이다."

이야기를 듣고 있던 기사들이 반론을 제기했다.

"레논 경, 그게 무슨 말씀이십니까? 외부의 손을 빌려야 할만큼 저희들이 한계에 몰려 있지는 않습니다."

레논은 기사들을 설득했다.

"연이은 전투로 병사들이 많이 지쳐 있습니다. 마물을 일일이 베면서 산을 오르는 것은 분명 고달픈 일입니다. 하지만 그의 힘을 빌린다면 마치 유람하듯이 마경을 주유할 수 있을 것입니다."

"하지만 당당한 스톰폴트의 정예군이 남의 도움을 빌리다니, 체면 문제가 아닙니까?"

"다소 체면이 깎일 수도 있겠지만, 편한 길을 두고 사망자가 나올지도 모르는 길을 택하는 것은 무의미한 고집이라고 생각합니다."

기사들은 서로 얼굴을 쳐다보고 술렁거렸다.

그때 테오발트가 중간에 그들의 대화를 끊었다.

그 가당찮은 짓거리를 더 이상 보고 있을 수가 없었다.

"줄 사람은 생각지도 않는데 나눠 가질 생각부터 하는군. 누가 너희들에게 힘을 빌려준다고 하더냐. 나는 누구와도 동행할 생각이 없다."

시끄럽던 주위가 순식간에 조용해졌다.

레논은 다소 의외라는 표정이었으나 양손을 들고 깨끗하게 잘못을 시인했다.

"꼴이 우습게 됐군. 대답을 듣지도 않고 당연히 동행해 줄 것처럼 말했으니 확실히 내 잘못이 크다. 그런데 제안을 거절하는 이유가 뭐지?"

"내 목적은 보물을 찾는 것이다. 너라면 백 명이나 되는 방해물을 꼬리에 붙이고 다니겠는가?"

"…아아, 너도 보물에 눈이 먼 족속 중 하나인가?"

레논의 목소리엔 경멸이 잔뜩 섞여 있었다.

그는 매몰차게 돌아섰다.

그 모습을 보고 테오발트는 그만 실소를 터뜨리고 말했다.

"뭐가 우습지?"

레논이 걸음을 멈추고 불쾌감을 표했다.

"금붙이에 무관심하면 고상한 존재가 되는 게냐? 그런 데 반해 네 갑옷은 지나치게 고급품이구나."

테오발트는 담뱃대로 갑옷을 가리켰다.

주위의 시선도 저절로 그곳으로 쏠렸다.

일반 병사들은 전부 낡고 녹이 슨 갑옷을 걸치고 있었지만, 레논의 갑옷은 적어도 금화 수백 개는 치러야 만들 수 있는 최상품으로, 아직도 은색으로 번쩍이고 있었다.

사람들은 헛기침을 하며 서둘러 눈알을 다른 데로 굴렸다.

그래 봤자 때는 이미 늦었다.

"짧은 견식으로 남을 함부로 무시하면 으레 그렇게 망신을 당하는 법이지."

레논을 뒤에 남겨놓고 테오발트는 일꾼들이 만들어놓은 천막으로 향했다.

시원한 그늘 아래서 담뱃대에 불을 붙이고 있는데 인기척이 가까워졌다.

테오발트는 쓴웃음을 지었다.

"입에 쓴 충고를 했더니 곧장 사람을 핍박하러 오는군."

레논은 인상을 썼다.

"이봐, 비록 기분이 좋진 않았으나 나는 언제든지 타인의 충고를 수용할 준비가 되어 있다. 내가 그까짓 일에 발끈해서 보복을 할 놈으로 보였단 말이냐?"

"아니길 기대했지."

테오발트는 간단히 레논을 시험했다.

고까운 충고를 들었을 때 어떻게 반응하는지.

과연 레논은 기대한 대로 반응해 왔다.

"…너는 내가 알던 녀석과 무척 닮았다."

"닮았다고?"

"제가 세상에서 제일 굉장하다고 착각하는 점이 닮았다."

"……."

레논의 준수한 얼굴이 찌그러졌다.

반대로 테오발트는 피식 웃었다.

"그래도 충고에 귀 기울일 줄 아니 개선의 여지가 있구나. 반성은 언제 해도 늦지 않다."

"듣자 하니 귀족도 아니라면서 정말 배짱이 좋군. 귀머거리가 아닌 이상 내 이름 정도는 들어봤을 텐데? 이 몸은 소드 마스터 레논 이글아이님이시다. 내 앞에서 굽실대라는 건 아니지만 최소한의 경의는 표하는 게 어때?"

"버르장머리없는 녀석 같으니. 네가 소드 마스터라면 나는 찬트 마스터쯤 된다. 이 몸을 위한 예우는?"

"버, 버르장머리?"

레논은 어이가 없어서 입을 뻐끔거렸다.

하지만 낯선 단어에 먼저 호기심을 표했다.

"찬트 마스터는 또 뭐야? 혹시 신전에서 너를 위해 일부러 마스터의 칭호를 만든 건가?"

"성가시군. 찬트를 엄청나게 잘하면 그게 찬트 마스터인 게지."

"……"

또 한 번 레논의 얼굴이 찌그러졌다.

테오발트는 실로 오랜만에 유쾌함을 느꼈다.

홀베크가 마음에 들었듯이 레논도 마음에 들었다.

일부러 시간을 내어 상대를 해준 보람이 있었다.

"저기, 나리, 점심 먹을 시간인데요."

그때 일꾼들이 웅성대며 주위로 몰려들었다.

그들은 양손에 식칼과 나이프 등을 들고 기대에 가득 찬 눈으로 테오발트를 쳐다보았다.

"그 얘길 왜 널 보고 해?"

레논이 황당한 목소리로 물었다.

그때 테오발트가 갑자기 또 노래를 시작했다.

"뭐, 뭐야? 또 마물인가?"

테오발트의 찬트를 듣고 조사대가 술렁거렸다.

소드 마스터로 타인보다 월등히 뛰어난 감각을 지닌 레논만이 고개를 저었다.

"마물의 기척은 느껴지지 않는데……?"

그때 작은 새 한 마리가 포르르 날아와 테오발트의 어깨 위에 내려앉았다.

이어서 나뭇가지 사이에서 다람쥐 한 마리가 얼굴을 빠끔히 내밀었다.

다람쥐는 테오발트의 발치에 앉아 까만 눈을 반짝였다.

얼마 안 있어 크고 작은 동물들이 테오발트의 주위에 가득 모였다.

그들은 귀를 쫑긋거리며 그의 노래에 귀를 기울였다.

마치 동화 속의 한 장면 같았다.

레논은 머리를 짚었다.

"맙소사! 찬트에 동식물과 교감하는 힘이 있다고는 하지만… 이건 믿을 수가 없군. 찬트 마스터라고 자랑할 만해!"

병사들도 입을 쩍 벌린 채 거듭 탄성을 터뜨렸다.

몇몇은 동물이 모여든 것을 보겠다고 서로 얼굴을 들이밀며 티격태격했다.

"이렇게 신성할 수가!"

"오오, 신이시여!"

어떤 감상적인 병사들은 양손을 모아 쥐고 기도를 시작하기도 하였다.

테오발트는 주위의 모든 소란을 일체 무시하고 무릎 위에 앉은 매에게 손을 뻗었다.

우둑!

매의 목이 뒤로 꺾였다.

테오발트가 손짓했다.

"잡아라."

"와아! 오늘 점심밥이다!"

"잡자!!"

일꾼들이 와르르 달려들어 식칼과 몽둥이로 동물들을 두들겨 잡았다.

그들은 다양한 짐승을 수북하게 쌓아놓고 즉석에서 가죽을 벗겨 훈제 통구이를 만들기 시작했다.

"……."

"……."

일행이 와자지껄 점심을 먹는 동안 병사들 사이로 다시 침묵이 찾아왔다.

레논도 예외는 아니었다.

테오발트가 잘 구워진 새 다리를 그의 얼굴 앞에 들이밀었다.

"먹겠느냐?"

레논은 뻣뻣한 동작으로 고기를 집었다.

"…네 노래를 듣기 위해 모여든 동물들을 잡아먹다니, 불쌍하지도 않은가?"

"다소 떨떠름한 감이 있지. 그래서 성직자 중엔 채식주의

자가 많은 모양이다."

"하하, 그거 일리있네."

레논은 고기를 내려놓고 조사대로 돌아갔다.

여기서 식사를 하라고 지시하자 병사들은 배낭에서 말라 비틀어진 육포 쪼가리를 꺼내 허기를 달래기 시작했다.

레논은 다시 천막으로 되돌아왔다.

아까 내려놓은 고기를 뜯으며 말했다.

"동행해 달라는 제안, 다시 생각해 줄 수는 없나?"

"거절하마. 네 부하 백 명을 먹여 살리기 위해 찬트를 썼다간 래비너스 산의 모든 동물이 씨가 말라 버릴 것이다."

"그러지 말고 다시 생각해 봐. 이건 뭐, 극비지만 보물이 묻힌 장소에 대해서 꽤 믿을 만한 정보가 입수된 상태다. 네가 찬트를 제공하는 대신 나는 정보를 제공하겠다. 만약 네가 협조해 준다면 보물을 찾았을 때 그중 반절을 네게 떼어주겠다. 내게 그걸 결정할 권한이 있는지 의심스럽다면 내가 스톰폴트 최강의 소드 마스터이고, 유서 깊은 백작 가문의 적장자이며, 왕비 전하가 내 고모님이라는 사실을 상기시켜 주마. 내가 우겨서 안 되는 일은 극히 드물지."

진담 반 농담 반인 말을 들으며 테오발트는 고개를 저었다.

"보물을 반이나 남에게 떼어주고 싶은 마음은 조금도 없다. 협조는 절대 불가하다."

레논은 눈을 크게 떴다.

"의외군. 진짜 혼자의 힘으로 보물을 캐낼 수 있다고 생각하나?"

"대충."

테오발트는 자리를 털고 일어나 출발 준비를 하라고 명했다.

다시 산행이 시작되었다.

선두엔 테오발트가 있었고, 그 뒤에 스무 명의 일꾼과 추가로 백여 명의 병사가 뒤따르고 있었다.

조사대와 협력하기로 결정한 것은 아니었고, 방향이 같을 동안만 동행하기로 결정한 것이다.

래비너스 산맥이 괜히 마경이라 불리는 것이 아니라서 출발한 지 세 시간 만에 또다시 마물이 나타났다.

병사들은 반사적으로 병장기를 꼬나 쥐고 긴장했다.

테오발트는 평소처럼 찬트를 이용해 마물을 제압했고, 일꾼들이 그것을 모조리 때려잡았다.

비슷한 나날이 이틀 정도 이어졌다.

이제 병사들은 마물이 나타나도 길 가다 옆집 똥개 만난 듯 반응했다.

잠시 휴식을 취하기로 하고, 테오발트는 나무 그늘 아래서 담배를 피웠다.

"테오발트."

레논이 근처 나무에 기대면서 인기척을 냈다.

"또 왔군. 평민 나부랭이와 자꾸 어울려 다녀도 되는 게냐?"

"아무렴! 세상에 단 한 명뿐인 찬트 마스터 앞에서 누가 감히 신분을 따진단 말인가!"

레논은 과장되게 가슴을 두드렸다.

"음, 찬트 마스터라는 단어가 적잖이 마음에 든 모양이군."

테오발트는 입맛을 다셨다.

위험천만한 마경은 평화롭기만 했다.

병사들과 일꾼들이 섞여 노닥거리는 소리가 들려왔다.

레논은 길게 기지개를 켰다.

"끄응, 피곤하군. 내가 왜 이런 곳에서 헤매고 다녀야 하는지 모르겠어."

"사정이 있는 모양이구나. 듣자니 너는 금붙이에 관심이 없다고 했지?"

"사촌 형님 되시는 안스바하 왕자님께서 어디서 소문을 주워듣고는 내게 보물을 찾아달라고 생떼를 쓰지 뭐냐. 나는 거듭 거절했지만 어느새 국왕 폐하까지 가세하기 시작하고, 아버지는 눈 딱 감고 다녀오라 하시고, 고모님 왕비 전하는 울고, 결국 이렇게 떠밀려 나왔지. 왕자님의 어리광 때문에 마경을 헤집고 다니는 일은 진짜 사양하고 싶다."

"남 말할 것 없다. 툴툴대는 꼴이 네 녀석도 영락없는 애로구나."

테오발트는 끌끌 웃었다.

레논은 갑자기 정색을 하고 한참 동안 그의 얼굴을 들여다보았다.

잠시 뒤, 그는 대단히 진지한 음성으로 물었다.

"너, 나이가 어떻게 되냐?"

순간 제각기 휴식을 취하던 이들이 모두 하던 일을 멈추고 테오발트를 주목했다.

일꾼, 병사 할 것 없이 눈을 부릅뜨고 전부터 그게 궁금해서 미칠 것 같았다고 외치고 있었다.

테오발트는 턱을 어루만졌다.

"흠, 올해로 열아홉 살이 되던가?"

"뭐라고!! 나보다 네 살이나 연하인 주제에!!"

원한이 섞인 고함 소리에 산이 쩌렁쩌렁 울렸다.

짧은 휴식 뒤 산행이 이어졌다.

수레 때문에 움직이는 거리가 얼마 되지 않는다지만 거의 보름 넘게 산을 탔으니 굉장히 깊숙한 곳까지 들어온 셈이다.

그날 아침도 어김없이 마물이 나타났다.

고개를 젖혀 한참 올려다봐야 대가리를 발견할 수 있을 만큼 거대한 놈이었다.

엄청난 놈이 나타났지만 병사들은 여전히 잡담이나 하면

서 노닥거리고 있었다.

"레논."

테오발트는 손짓을 해서 레논을 불렀다.

"누굴 오라 가라 하는 거야? 이봐, 나도 사회적 위신이 있는 몸이다."

레논이 걸어오며 투덜거렸다.

그때 마물이 목청껏 괴성을 질렀다.

놈은 거대한 아름드리나무를 몽둥이 삼아 들고 일행을 향해 돌진했다.

원체 거대한 놈이라 뛸 때마다 지진이라도 나는 것처럼 지축이 흔들렸다.

그러나 레논과 병사들은 여전히 태평했다.

"테오발트, 이쯤에서 찬트를 시작해야 하지 않겠냐?"

"저놈은 마성이 너무 강해서 찬트로 완전히 제압할 수 없다."

"그래… 뭐?!"

"너도 이번 기회에 밥값 좀 해라."

그 순간 거인이 몽둥이를 힘껏 휘둘렀다.

레논을 황급히 검을 뽑아 몽둥이를 막았다.

인간의 힘으로 막을 수 있는 공격이 아니었으나 소드 마스터는 인간의 능력을 초월한 존재다.

"으으윽!!"

하지만 역시 그 기습은 너무나 갑작스러웠다.

완전히 방심하고 있다가 찰나간에 집채만 한 걸 막느라 팔뚝 근육이 팽팽히 경직되었다.

레논은 결국 신음을 터뜨렸다.

테오발트는 넋을 놓고 있는 병사들에게 명령했다.

"마물의 움직임을 방해하는 데 사용할 테니 밧줄 끝에 갈고리를 달아라. 저놈이 발버둥 치면 대형 참사가 날 테니 지시하는 대로 움직여야 할 것이다."

병사들은 서둘러 도구를 준비해서 마물을 옭아맸다.

잠깐 시간을 번 동안 레논은 마물의 목덜미에 결정타를 꽂았다.

쿠웅!

테오발트는 숨이 완전히 끊어진 것을 확인한 다음 이곳에서 하루 묵어가겠다고 말했다.

그때 레논이 숨을 헐떡거리며 다가왔다.

두 눈이 흉흉하게 빛났다.

"헉헉, 사람을 갑자기 사지로 밀어 넣었겠다? 테오발트, 너는 앞으로 내게 감사를 표하는 게 좋을 거다. 내가 없었다면 너는 저 마물과 함께 세상을 하직했을 테니까."

"네가 없었다면 나는 다른 길로 둘러갔겠지."

"뭐라고?!"

핏대를 세우는 레논에게 쿠르트가 물주머니를 내밀었다.

레논은 반사적으로 주머니를 집어 벌컥벌컥 물을 마셨다.

찬물을 한 사발 마신 뒤에야 그는 겨우 평상심을 되찾았다.

쿠르트는 물주머니를 받아서 유유히 제자리로 돌아갔다.

레논은 새삼스럽게 쿠르트의 뒷모습을 빤히 응시했다.

"그는 네가 개인적으로 부리는 하인인가? 다른 일꾼과는 다른 것 같군."

"그렇다고 할 수 있지."

쿠르트는 1년 전 사자왕의 병사들에게 쫓길 때 나타난 이래로 계속 테오발트의 곁에 머물고 있었다.

더 이상 홀연히 사라지는 일은 없었다.

어째서 그런지는 테오발트도 모르고 쿠르트도 모른다.

쿠르트의 정체는 여전히 미궁이었다.

고민한다고 답이 나오는 것도 아니고, 지금은 그냥 종자로 부려먹고 있는 실정이었다.

레논이 눈을 가늘게 떴다.

"너는 볼수록 수상한 녀석이야. 일단 네 녀석은 평민이 아니다. 조금 전에 아주 능숙하게 병사들을 지휘해서 마물을 사냥하더군. 덤으로 병사들도 아무런 반감도 갖지 않고 네 말에 따르고 있었다. 그건 네 특유의 거만한 분위기 때문이지. 너는 틀림없이 상당한 신분을 가진 인물일 거야."

"정확히는 상당한 신분을 가졌던 인물이지."

그 대답엔 여러 가지 의미를 내포하고 있었다.

테오발트는 시선을 내리깔았다.

산중의 밤은 순식간에 찾아온다.

대지 위로 어둠이 깔린 만큼 기분도 음울해졌다.

"…계속 캐물어도 될지 모르겠군."

"알려줄 수 없는 것은 캐물어도 가르쳐 주지 않는다."

"그럼 가르쳐 줘도 좋은 것만 대답해. 보물을 찾으면 앞으로 무엇을 할 작정이지?"

"설령 신이라 해도 이 대륙에서 살아가자면 수중에 돈이 있어야 한다. 보물을 발견하면 일단 집도 사고 땅도 사고 하인도 사야지."

테오발트는 담뱃대를 꺼내 들었다.

"그리고 놈들에게 응분의 대가를 치르도록 할 것이다."

"복수? 무엇에 대한……?"

"나의 절친한 친우를 죽였고 내 사랑하는 약혼녀를 모욕하여 살해했다. 내 어머니와 아버지, 가문의 모든 일원을 몰살시켰으며 영지를 불태워서 잿더미로 만들었다."

레논은 할 말을 잃었다.

테오발트는 담뱃대를 물고 필터를 깊이 빨았다.

연기는 쓰디썼다.

적막 속에서 레논이 입을 열었다.

"솔직한 감상으로, 그렇게 참혹한 일을 당한 것치고 너는 너무나 여유로워 보이는군."

일꾼이 막사가 완성되었다고 알려왔다.

테오발트는 담배를 입에 물고 태연히 막사로 걸어갔다.

"내게 시간은 언제나 차고 넘칠 정도로 많다. 안달복달할 필요가 있는가. 오랫동안 공을 들여 하나씩 놈들의 목을 꺾어 놓으리라."

"……."

레논은 테오발트의 뒷모습을 한참 동안 응시했다.

잠시간이지만 그는 압도당해 있었다.

느긋한 말투가 정말로 인상적이었다.

그는 머리를 긁었다.

"정말로 열아홉 살이냐?"

*   *   *

테오발트는 기억을 잃었다.

그러나 어느 계집이 그의 낡은 육신을 게걸스럽게 먹어치웠다는 것은 기억하고 있다.

눈을 뜨기 전에 꿈을 꿨기 때문이다.

마치 그때처럼 테오발트는 최근 반년 동안 자주 꿈을 꾸었다.

꿈속에서 일어나는 일들은 전부 옛날에 실제로 겪은 일이었다.

언제인지는 모르지만 테오발트는 검은 머리카락을 가진 사내와 함께 산길을 거닐었다.

산길 곳곳에는 사악한 마물이 도사리고 있었다.

그러나 어떤 놈도 감히 대가리를 들이밀지 못하고 그저 몸을 낮춰 눈치만 보았다.

사내가 마물들을 향해 뾰족한 송곳니를 드러내며 씩 웃었다.

마물들이 캥! 비명을 지르며 도망쳤다.

"심심하더냐? 왜 애먼 것들에게 겁을 주느냐?"

"하하, 저는 조그만 것들이 귀여워서 웃은 것뿐입니다."

"두 번 웃으면 그 송곳니를 생으로 뽑아버릴 것이다."

"음, 살벌한 말씀을 하시는군요."

사내와 테오발트는 위험천만한 마경을 마치 정원 산책하듯 걸었다.

테오발트가 문득 걸음을 멈추었다.

사내도 뒤늦게 같은 것을 느끼고 허공에 손을 저었다.

저절로 흙더미가 파헤쳐지면서 오랜 세월 동안 숨겨져 있던 유적이 모습을 드러냈다.

사내가 바닥에 굴러다니는 금화를 집어 들었다.

"인간이 쓰던 주화 같은데 어째서 이리 눈에 익지?"

연신 고개를 갸웃거리는 것을 보고 테오발트가 말했다.

"금국(金國)의 주화다. 천 년 전 대륙을 일통하고 눈부신 문명을 이룩했던 인간들의 왕국이지."

"어쩐지 눈에 익더라니. 큭큭, 그 무렵엔 사소한 일만 생겨도 불같이 화를 내곤 하지 않으셨습니까? 금국이 멸망했던 것도 전부 그 덕이죠."

"……."

테오발트는 주위를 한 번 더 둘러보았다.

과거 화려한 외관을 자랑했을 것으로 예상되는 대저택의 흔적이 곳곳에 남아 있었다.

사내가 콧소리를 냈다.

"어떤 배짱 좋은 녀석이 마경에다 별장을 세웠는지 그 얼굴을 한번 보고 싶군요."

"금국이 번성할 당시엔 이곳은 마경이 아니었다. 그냥 경치가 좋은 산이었지. 별장이 하나둘쯤 있어도 이상하지 않다. 그보다 너는 주위를 돌며 값어치가 될 만한 것들을 전부 모아 오너라."

사내는 의문을 표했으나 시키는 대로 땅을 뒤집으며 주위를 돌아다녔다.

잠시 후 금괴가 든 상자와 보석함, 기타 금은보화 따위가 잔뜩 쌓였다.

양이 생각보다도 훨씬 많았다.

수레에 실으면 세 대 분량은 거뜬히 나올 것 같았다.

테오발트는 그것을 한곳에 묻으라고 명했다.

"음? 금덩이가 거름이 되는 것도 아닌데 어찌 이것을 땅에 묻으라고 하십니까?"

"장난을 좀 치자는 게지. 언젠가 어느 운수 좋은 인간이 이곳에 묻힌 금은보화를 발견하게 될 것이다. 지루한 일상에 가끔은 횡재를 만나는 즐거움도 있어야 하지 않겠느냐?"

"…심심한 것은 제가 아니라 당신이신 것 같습니다만."

사내는 미간을 찡그리고 불평을 터뜨리더니 갑자기 금은보화를 주섬주섬 챙기기 시작했다.

"창고에 금국의 보물이 없어서 드리는 말씀인데, 제가 일확천금의 즐거움을 누리도록 하겠습니다."

"네놈이 정녕 죽고 싶은 게로구나."

"아아, 다 좋습니다. 하지만 하인처럼 저를 부리진 말아주십시오. 저도 흙일을 할 위치는 아니지 않습니까?"

"그럼 짐이 하랴?"

사내는 결국 보물을 땅에 묻기 시작했다.

진짜 손에 흙을 묻히고 삽질을 하는 것은 아니고 손짓 한번 하자 땅이 움푹 파였다.

테오발트는 잔소리를 했다.

"적당히 파라. 그렇게 깊은 곳에 묻힌 보물을 인간들이 어떻게 찾아낸단 말이냐?"

"…다음부터는 다른 자를 수행원으로 데려가십시오."

"말이 많구나."

사내가 작업에 전념하는 동안 테오발트는 담뱃대를 입에 물고 주위를 둘러보았다.

키가 큰 나무가 끝도 없이 늘어서서 절경을 이루고 있었다.

테오발트는 잠에서 깨어났다.

간밤에 보았던 꿈과 현재가 뒤섞여 몽롱한 기분이었다.

쿠르트가 가죽 주머니를 내밀었다.

"주인님, 갓 떠온 차가운 물입니다."

테오발트는 군말 않고 주머니를 받아 마셨다.

정신이 맑아지는 것을 느끼며 자리에서 일어났다.

일찍부터 산행이 시작됐다.

조사대와 동행한 지도 벌써 사흘째에 접어들었다.

"흠, 중간에서 길이 갈라졌을 만도 한데 계속 같은 방향이라, 이거지."

레논은 음흉하게 웃었다.

"협조는 절대 하지 않겠다고 말하더니 역시 정확한 정보가 입수되었다는 말에 관심이 가는 모양이지? 뭐, 좋을 대로 해라. 네가 기회를 봐서 보물을 전부 빼돌린다 해도 난 관계없으니까."

"확실히 어디서 제대로 된 정보를 얻어온 모양이군."

"뭐라고?"

테오발트는 더 이상 대꾸하지 않았다.

장난을 쳐도 반응이 없자 레논은 화제를 바꾸었다.

"정오에 발굴을 시작할 것이다. 목적지에 거의 다 당도했어."

예고한 대로 조사대는 이동을 멈추었다.

레논은 지휘 본부를 세우고 병사들을 열 명씩 나누어 각기 배당 지역을 파라고 지시했다.

믿을 만한 정보통을 듣고 여기까지 왔지만 구획이 잘 정비된 도시에서 집 찾는 것도 아니고 단번에 보물을 찾아내는 것은 불가능하다.

그들은 이제부터 예상 지역을 수십 일에 걸쳐 뒤엎어야만 했다.

병사들이 삽을 꺼내 들고 분주하게 움직일 동안 테오발트는 주위를 둘러보았다.

눈에 익은 곳이 있었다.

그는 병사들을 유유히 가로질러 한 장소를 가리켰다.

"파라."

일꾼들은 마경에서 시간을 보내는 동안 테오발트를 향한 신앙에 가까운 믿음을 가지고 있었다.

그들은 파라는 말에 한마디 질문조차 않고 무조건 땅을 파기 시작했다.

파라는 곳을 파자 과연 금괴 상자와 각종 금은보화가 나타났다.

일꾼들은 배당금 생각에 희희낙락하며 보물을 차곡차곡 수레에 실었다.

멀찍이서 열심히 삽질을 하던 병사들은 입을 떡 벌렸다.

땡그랑.

기사 한 명은 목숨처럼 중히 여기던 검을 땅에 떨어뜨리기도 했다.

레논이 비틀비틀 다가와 보물에 손을 뻗었다.

테오발트는 담뱃대로 손등을 찰싹 때렸다.

"손대지 마라. 나누어 가질 생각 없다고 내 분명 경고했다."

"갑자기 왜 이렇게 억울하지? 나는 보물에 관심없었는데."

"정 아쉬우면 다른 보물을 찾던가."

"좋아! 그건 둘째 치고, 어떻게 단번에 보물을 찾아낸 거냐?"

장난은 그쯤 하고, 레논은 정색을 한 채 물었다.

테오발트는 숨기지 않고 자초지종을 설명했다.

"우리 집안에 대대로 전해 내려오던 보물 지도 덕분에 찾아낼 수 있었던 것이다."

"보물 지도? 그런 게 있었단 말인가?"

"그렇다."

거짓말이지만.

정확히 수레 세 대 분량의 보물이 발굴되었다.

레논은 그것을 보고 혀를 내둘렀다.

"분량까지 정확하군. 정말 보물 지도가 있었던 모양이야."

"병사들에게 다시 짐 싸라고 말해라. 산을 내려가야지."

테오발트가 손짓하자 레논은 뒤늦게 울컥했다.

"보물 지도 같은 게 있으면 있다고 말을 해! 내가 지휘 본부를 만들 때도 빤히 쳐다만 봤지!"

"글쎄다. 할 만큼 하게 내버려 둬야 중간에 가로챘다느니 하는 말이 없지."

"그건……."

레논은 입을 다물었다.

그도 중간까진 테오발트가 조사대의 뒤를 쫓아오는 거라고만 생각했다.

보물 지도가 있다고 말해도 핑계로만 여겼을 것이다.

보물을 든 수레가 무거워서 내려오는 길은 올라갈 때보다 이틀이 더 걸렸다.

마경을 벗어나자마자 테오발트는 작별을 고했다.

"여기까지 데려다 줬으면 충분하겠지? 나는 바빠서 이만 실례하마."

"용무가 끝나자마자 제 갈 길 가자는 거냐?"

소드 마스터가 된 이후 자신을 저렇게 소 닭 보듯 하는 인간은 한 번도 만나지 못했다.

레논은 하는 수 없이 다음을 기약했다.

"보물 팔아 집을 구하거든 연락해라. 우리 집 주소쯤은 알 겠지?"

"그런 걸 알 턱이 있나."

"그런 거라고? 이봐, 이글아이 백작가는 스톰폴트 왕국의 유서 깊은 대귀족 가문으로서 위대한 기사를 수도 없이 배출 하였으며……. 내가 왜 이런 시답잖은 소리까지 지껄여야 하 는 거야?"

레논은 주소를 끼적여서 테오발트에게 건네주었다.

출세지향적인 기사들이 한없이 부러운 눈빛으로 레논의 집 주소가 적힌 종이를 바라봤다.

이렇게 만난 것도 인연 아닌가.

테오발트는 그 종이 쪼가리를 올슨이란 기사에게 선물로 주었다.

"그렇게 유명한 집이라니 물어보면 금방 알 수 있겠지."

그는 조사대를 뒤로하고 먼저 그곳을 떠났다.

Chapter 02
빌로 대공

THE KING OF
IMMORTALTY

테오발트는 오랜만에 꿈을 꾸고 있었다.

언제쯤 일인가?

그리 오래된 과거는 아니다.

이건 정확히 반년 전에 있었던 일이다.

테오발트는 황망한 눈으로 베르그이젤 성을 둘러보고 있었다.

그가 마지막으로 기억하고 있는 것은 불에 탄 건물과 참혹한 시체들의 행렬이었다.

그런데 눈을 떠보니 폐허와 시체는 온데간데없었다.

마치 수백 년은 흐른 것처럼 모든 것이 풍화되어 사라졌다.

희미한 건물의 흔적 위에는 키가 큰 나무들이 단단히 뿌리를 내리고 있었다.

　굵은 나뭇가지가 끝도 없이 뻗어 있고 잎사귀가 새파랗게 자랐다.

　회색 성벽은 나무 덩굴이 잔뜩 달라붙어 제대로 보이지도 않았다.

　이곳은 성이라기보다는 숲이었다.

　"테오발트님, 드십시오."

　쿠르트가 어디선가 물을 구해왔다.

　테오발트는 가볍게 목을 축인 뒤 입을 열었다.

　"대체 무슨 일이 벌어진 거지? 내가 정신을 잃고 300년쯤 지나 버린 건가?"

　"정확히 일주일이 지났습니다. 베르그이젤 성을 파괴하고 숲으로 만들어 버린 것은 테오발트님이십니다."

　"내가?"

　테오발트는 미간을 찡그렸다.

　조금도 기억이 나지 않았기 때문이다.

　그는 의문을 표하며 한 걸음을 내디뎠다.

　그 순간 발밑에서 잡초가 무성히 자라 나왔다.

　줄기 끝이 갈라지면서 새로운 줄기가 자랐고, 다시 초록 잎사귀가 돋았다.

　다시 한 걸음 딛자 잎사귀 사이사이로 작은 봉오리가 움터 금방 분홍 꽃이 활짝 폈다.

테오발트는 놀란 눈으로 주위를 둘러보았다.

마력이 되돌아왔다.

바짝 말라 있던 힘이 둑이 터진 것처럼 넘쳐흐르고 있었다.

그가 가진 마력의 특성은 활성화였다.

마음만 먹으면 불태우거나 얼려 버릴 수도 있지만, 생명력을 불어넣는 것이야말로 그의 가장 근본적인 속성이었다.

'마족들의 왕이라면서 꽃을 피우는 게 특기라니, 완전히 모순 아닌가?'

하지만 그는 마왕이기 이전에 불사왕이기도 했다.

영원한 생명이라는 선상에서 그건 당연한 속성인지도 모른다.

테오발트는 양손을 펴서 물끄러미 들여다보았다.

칼 쪼가리나 들고 쫓아다닐 때를 생각하면 손 안에 들어온 능력은 정말로 굉장했다.

그럼에도 아직 한참 부족하다는 생각이 들었다.

"쿠르트, 칼 같은 게 있느냐?"

말을 꺼내기도 전에 쿠르트는 이미 단도를 준비해 놓은 상태였다.

마치 그의 마음을 읽고 있기라도 한 것처럼 행동하고 있는 것이다.

테오발트는 눈살을 찌푸린 채 쿠르트를 노려보았다.

하지만 일단은 내버려 두기로 했다.

지금은 몸의 상태를 확인하는 것이 먼저였다.

마침 나뭇가지 위를 뛰어다니는 다람쥐가 눈에 띄었다.

찬트를 불렀더니 다람쥐가 솔깃해서 내 손바닥 위로 달려왔다.

테오발트는 칼로 손가락에 상처를 낸 뒤 다람쥐에게 갖다 댔다.

문득 손을 멈추었다.

"…흠, 아무리 말 못하는 다람쥐라지만 이래도 되나?"

이론대로 된다면 그의 피를 먹은 다람쥐는 늙지 않는 육신과 강력한 마력을 얻는다.

그리고 사악한 마물로 변할 것이다.

테오발트는 약 1초 정도 고민한 다음 피가 난 손가락을 다람쥐 입에 푹 집어넣었다.

다람쥐는 혓바닥을 날름거리며 작은 손으로 얼굴을 문질렀다.

뭐, 한 방울 정도는 먹었으리라.

테오발트는 손을 빼고 잠시 상태를 지켜보기로 했다.

30분이 지났지만 예상대로 다람쥐에겐 아무런 변화도 일어나지 않았다.

그는 다람쥐를 나뭇가지 위에 놓아주었다.

"역시 힘이 전부 돌아오지 않았군."

여전히 과거에 대한 기억도 없었다.

힘을 어느 정도 사용할 수 있게 되었지만 아직은 완벽하지 않다는 뜻이다.

테오발트는 생각에 잠겼다.

모든 흔적이 사라졌지만 그는 아직 레티치아의 마지막 모습을 선명하게 기억하고 있다.

홀베크의 주검이 식은 지 얼마 되지도 않았다.

'마링겐 왕비, 그리고 사자왕.'

그는 자신에게 도전한 자를 쉽게 용서할 만큼 자비롭지 않았다.

그러나 바로 목적을 달성하기는 어려울 듯하다.

마링겐 왕비는 마족이다.

그의 육신을 머리부터 발끝까지 뜯어 먹었으니 대충 지상 최강의 대왕 마족쯤 될 것이다.

그에 반해 그는 아직 힘을 전부 되찾지 못했다.

쿠르트가 그의 고민을 읽은 듯 입을 열었다.

"둠 왕국과 적대 관계에 있는 스톰폴트 왕국에 사해의 마법사가 한 명 있습니다. 뷜로 모이칸 대공. 비교적 초기에 은거를 깨고 인간사에 개입한 자입니다."

"뷜로 대공이라……."

테오발트는 둠 왕국의 사해의 마법사 킨 볼프를 떠올렸다.

킨 볼프는 분명히 그의 정체를 모르고 있었다.

그러나 아무것도 모르는 상태에서도 그를 어려워하는 기색이 완연했다.

　전례로 미루어 뷜로 대공도 비슷한 반응을 보일 가능성이 컸다.

　접촉해 볼 가치는 충분히 있을 것이다.

　"처음부터 차근차근 짚어가는 것이 좋겠군. 그럼 지금 이 순간 내게 가장 필요한 것은… 돈인가?"

　테오발트는 쓴웃음을 지었다.

　깨끗한 새 옷을 구하는 데도, 제대로 식사를 한 끼 하는 데도 돈이 든다.

　단번에 떼돈을 구할 좋은 방도는 없을까.

　잠시 생각을 하다 테오발트는 쿠르트에게 그만 짐을 챙기라 일렀다.

　자리를 떠나기 전에 다시금 베르그이젤 성을 바라보았다.

　역사 깊은 고성의 그 어느 곳에서도 인적은 찾아볼 수 없었다.

　거대한 나무 그늘 때문에 다소 을씨년스럽게 보이는 검은 숲만이 끝없이 펼쳐져 있을 뿐.

　하지만 시체가 줄줄이 늘어선 광경보다는 이 편이 훨씬 나으리라.

　그는 씁쓸한 감상을 남기며 이름없는 숲을 등졌다.

*   *   *

"끙."

테오발트는 잠에서 깨어나자마자 미간을 쥐었다.

꿈에서 접했던 씁쓸한 감각이 여운처럼 남아 있었다.

쿠르트가 평소처럼 차가운 물을 건넸고, 그 자리에서 단숨에 들이켰다.

옷을 갈아입으며 창밖을 내다보았다.

작지만 깨끗하게 정리된 정원이 펼쳐져 있었다.

테오발트는 보물을 파내서 자금을 확보한 뒤 스톰폴트 왕국 수도에 저택을 한 채 구매했다.

하인도 모집해서 기반을 잡기 시작한 지 한 달 정도 지났다.

이제 슬슬 집안에 체계가 잡혀가고 있는 것 같다.

슬슬 움직일 시기가 되었다.

쿵쾅쿵쾅!

그때 요란한 발소리가 생각을 방해했다.

새로 뽑은 집사가 문을 부셔져라 열어젖히고 소리쳤다.

"주, 주인님!!"

테오발트는 눈살을 찌푸렸다.

"뭇 하인에게 모범이 되어야 할 집사가 어디 복도에서 품위없게 날뛰느냐?"

"그런 건 어찌 되든 상관없고, 좀 나와보십시오!"

"……."

처음부터 영 마음에 차지 않더라니 역시 집사를 잘못 뽑았다.

귀족이 아니다 보니 아무래도 변변한 인재가 잘 모이지 않았던 것이다.

나와 보니 온 집 안의 하인들이 전부 난리법석이었다.

집사가 발을 동동 구르며 연신 재촉했다.

"어서 나가보십시오! 아니, 저분께서 대체 왜 이런 곳에 행차하신 건지……!!"

"이런 곳?"

"어서요! 더 이상 그분을 기다리게 하시면 안 됩니다!"

'저놈은 당장 해고다.'

듣자니 방문자가 있는 모양인데 그가 이 소동의 원인인 것 같았다.

중앙 계단으로 나가니 하인들이 난간에 대롱대롱 붙어 1층 홀을 구경하고 있었다.

쑥덕거리는 소리가 테오발트의 귀에까지 들렸다.

"진짜야? 저분이 레논 이글아이님이라고?"

"내 평생 소드 마스터를 이렇게 가까이서 보게 되다니!!"

"어쩜, 소문보다 훨씬 미남이네."

테오발트는 말없이 계단을 내려갔다.

레논이 그를 발견하고 반가움을 표했다.

"테오발트!"

"왜 꼭두새벽부터 남의 집에 난입해서 평지풍파를 일으키느냐?"

"뭐?"

이야기를 듣던 하인들이 히끕 딸꾹질을 했다.

테오발트는 여기저기 얼굴을 들이밀고 있는 하인 놈들을 노려봤다.

"당장 제자리로 돌아가라! 오늘 소드 마스터를 보고 내일 짐을 싸서 쫓겨날 요량이 아니라면!"

하인들은 눈치를 보다가 하나둘 모습을 감췄다.

그러나 끝까지 훔쳐보고 있는 자가 다섯이나 있었다.

소드 마스터를 향한 열의가 실로 대단해서 내버려 두기로 했다.

그리고 내일은 해고다.

레논이 불만을 토로했다.

"집을 구하면 연락하기로 하지 않았던가? 네가 여기에 자리를 틀었다는 소문을 우연히 들었다. 수도에 있을 줄이야. 바로 코앞에 있으면서 왜 한 달이나 감감무소식이야?"

"내가 좀 바빴다."

"저기서 동경의 눈길을 보내는 네 하인들을 봐! 저게 정상이다! 이 몸을 만나기 위해 천릿길도 마다 않는 자들이 얼마나 많은지 알아?"

"시답잖은 소리 그쯤 하고 따라와라. 불청객이지만 차 한
잔은 대접해 주마."

테오발트는 응접실로 레논을 데려갔다.

잠시 기다리자 조촐하게 차와 과자가 준비되었다.

레논은 펄펄 끓는 차를 단숨에 들이켜며 자기를 대접해 달
라고 시위했다.

하는 짓을 보니 웃지 않을 수 없었다.

"일순간 식도를 강화시키는 수법이로군. 소드 마스터의 능
력은 그런 곳에 쓰라고 있는 게 아닐 텐데."

"내가 내 능력을 어디에 쓰든."

"자자, 이거 먹고 화 풀어라. 집 안을 발칵 뒤집어놓은 것
은 유감이지만 오랜만에 보니 반갑구나."

테오발트는 빈 잔에 다시 차를 따라주었다.

레논은 찜찜한 얼굴로 잔을 들었다.

두 사람은 다과를 즐기며 간단하게 담소를 나누었다.

"혹시 뷜로 대공에 대해서 알고 있는가?"

"사해의 마법사인 뷜로 대공? 어째 날 본체만체하더라니,
관심사가 마법이었던 거냐?"

"사담은 떼고."

"…뷜로 대공에 대해서라면 충분히 많은 것을 알고 있다.
나는 왕궁에 자주 드나드는 편이고, 어렵지 않게 그와 마주치

니까."

"어떤 자인가?"

레논은 인상을 찡그렸다.

"뷜로 대공, 어마어마한 권능을 가진 사해의 마법사. 그러나 실체는 돈과 권력, 특히 미인에 사족을 못 쓰는 상늙은이다. 경박하고 생각없는 언동으로 주위 사람들을 아주 질리게 만들지. 나는 가끔 그 인간이 사기꾼은 아닌가 의심이 들 지경이야."

"정말 사기꾼이면 곤란한데……."

테오발트는 턱을 문지르며 중얼거렸다.

레논이 의문을 표했다.

"그런데 갑자기 뷜로 대공은 왜?"

"뷜로 대공에게 볼일이 있어서 말이다. 대공과 면식이 있다니 네게 부탁을 하는 방법도 있겠구나. 뷜로 공작과 만날 수 있도록 자리를 만들어줄 수 있겠는가?"

테오발트의 요청을 듣고 레논은 갑자기 실소했다.

그는 다리를 모로 꼬고 오만한 태도로 말했다.

"테오발트, 너무 기고만장해진 거 아닌가? 네 녀석은 평민이다. 네가 지금 이렇게 나와 이야기를 나누고 있는 것도 순전히 내 호의에서 비롯된 일에 불과해. 뷜로 대공은 국왕 폐하도 함부로 대하지 못하는 거물인데 그와 일면식을 갖게 해 달라고?"

"그렇다니 어쩔 수 없군. 뷜로 대공이 외유를 하러 나오면 그때 마차를 습격하는 수밖에."

"……."

레논은 한 박자 늦게 하하 웃었다.

"네가 말하면 농담 같지가 않다니까."

"너와 농담 따먹기나 하자고 길게 이야기를 늘어놓은 게 아니다."

"진심이라고? 진짜로 뷜로 대공을 습격하겠다고?"

"뷜로 대공이 궁정 마법사인만큼 스톰폴트 왕실과 문제가 생길 것이 우려되지만 당장은 괜찮은 방법이 없군. 걱정 말거라. 가능한 조용하게 처리할 것이다."

"조용하게 처리……."

레논은 미간에 잔뜩 주름을 잡고 생각에 잠겼다.

한참 뒤 끙, 하고 고개를 들었다.

"아무리 생각해도 너는 한다면 진짜로 할 놈이야."

"제대로 봤구나."

"무슨 일을 벌일지 좀 궁금하기도 하지만, 열에 하나라도 일 저지르고 감옥에 잡혀갈까 봐 물러서는 거다. 뷜로 대공이 참석할 만한 연회에 너도 참석할 수 있게 해주겠다. 마침 적당한 게 있다. 반드시 단둘이서 대면해야 하는 건가?"

"아니, 꼭 그래야 할 필요는 없다."

테오발트는 자리를 털고 일어났다.

쿠르트에게 일러 창고에 보관해 두었던 물건을 내오라 했다.

금국(金國)의 보물 중에 가장 상태가 양호한 목걸이였다.

"받아라. 이렇게 색이 깨끗한 옥돌은 정말로 흔치 않다. 일국의 왕비도 탐낼 만한 물건이지."

"일부러 사례까지 하지 않아도 되는데?"

"이걸 줄 테니 이글아이 백작 가문의 힘으로 집사를 하나 소개시켜 다오."

"뭐?"

*   *   *

단정하게 머리를 넘긴 중년 사내가 마차가 도착했음을 알렸다.

그는 테오발트가 문을 나설 때 뒤를 따르며 망토를 둘러주었다.

과연 명망 높은 가문에서 수배한 집사는 달랐다.

저택 앞에는 독수리 문양이 박힌 사두마차가 서 있었다.

레논이 마차 문을 열더니 투덜거렸다.

"이젠 아주 모시러 와야 되는구나."

"내게 마차가 있다면 널 모시러 갔을 게다. 평민 신분으로 사두마차를 만드는 건 무리라고 하더군. 스톰폴트는 유독 마차에 관해서 까다롭구나."

테오발트는 쿠르트를 대동해 마차에 올랐다.

마차는 곧장 왕궁으로 직행했다.

왕이 개최하는 연회에 참석하기 위해서이다.

뷜로 대공은 콧대가 높아 어지간한 연회는 얼굴도 내밀지 않는다고 한다.

회장 입구에서 기사가 일일이 초대장을 받고 있었다.

레논이 초대장을 하나만 내밀자 기사가 테오발트를 쳐다 보았다.

"내가 아는 사람이네."

기사는 두말 않고 물러섰다.

왕이 참석하는 연회이니 보안이 중요할 텐데 신분조차 묻 지 않고 들여보낸 것이다.

레논의 권위가 얼마나 큰지 알려주는 대목이었다.

연회장은 굉장히 시끌벅적했다.

사람들은 큰 소리로 대화하고 호탕하게 웃었다.

남녀노소를 가리지 않고 술잔을 하나씩 든 채 커다랗게 건 배를 연발했다.

둠 왕국의 연회가 전반적으로 조용하고 우아한 분위기였 던 것에 반해, 스톰폴트 왕국은 거칠고 격식을 거의 차리지 않았다.

테오발트는 연회장을 둘러보며 뷜로 대공으로 추측되는

이를 찾았다.

비슷한 특징을 가진 사람은 보이지 않았다.

그때 화려하게 옷을 차려입은 청년이 시종을 셋이나 이끌고 다가왔다.

레논이 낭패라는 목소리로 속삭였다.

"안스바하 전하를 잊었군. 보물을 갖다 달라고 떼를 쓴 왕자님이지. 널 보면 십중팔구 억지소릴 할 텐데."

안스바하 왕자는 거침없이 걸어와 테오발트의 앞에 섰다.

불편한 표정으로 보아 과연 그 문제를 거론할 모양이었다.

"레논, 이자는 누군지……."

"테오발트라고 합니다."

"역시! 바로 저놈이 내 보물을 가로채 간 그 간 큰 놈이렷다?"

안스바하가 언성을 높이자 주위 사람들이 놀란 눈으로 주목했다.

테오발트는 최대한 정중히 답했다.

"전하, 송구하나 그 보물은 오랜 옛날 제 조상이 묻어두었던 것입니다. 저는 그것을 찾으러 갔을 뿐입니다."

"믿을 수 없다! 대관절 무슨 목적으로 그처럼 많은 금은보화를 다른 곳도 아니고 마경에다가 숨겨놓는단 말인가!"

맞는 말이다.

돈과 시간이 넘쳐흘러 주체를 못하는 놈이 아닌 이상 그런

쓸데없는 짓을 할 이유가 없다.

'내가 한때 그랬던 것 같지만 그건 논외로 하고.'

테오발트는 속마음을 숨기며 말했다.

"전하, 제가 조상님의 심오한 뜻을 어찌 알겠습니까? 하지만 그 보물이 대대로 저희 집안에 전해져 오던 것임엔 틀림이 없습니다. 전하께서 너그러이 이해해 주셨으면 합니다."

"그리 못하겠다!"

거짓말이라 그런지 안스바하 왕자가 납득을 안 해줬다.

레논이 안스바하 왕자를 달래보겠다고 나섰다.

"안스바하 전하, 보고서를 읽어보지 않으셨습니까? 그는 마치 자신의 금고를 열 듯 단번에 보물이 묻혀 있는 위치를 찾아냈습니다. 그뿐 아니라 보물이 얼마나 묻혀 있는지도 정확히 파악하고 있었습니다. 모든 정황이 아주 명확합니다."

"단정할 수 없다! 저놈이 간교한 속임수를 써서 사람들을 속이고 보물을 훔쳐 낸 것이 분명해!"

"전하, 그 말씀은 제가 그깟 속임수도 분간 못해서 어수룩하게 보물을 빼앗기고 돌아왔다는 뜻입니까?"

결국 레논은 언성을 높였다.

딱 한마디를 했을 뿐인데 안스바하 왕자는 바로 주눅이 들었다.

그는 이를 악물고 회장을 나가 버렸다.

잠깐의 소란은 그렇게 싱겁게 마무리되었다.

연회가 한창 무르익을 즈음이었다.

여러 사람의 주목을 받으며 30대 중반의 사내가 연회장에 들어왔다.

그의 두 눈은 기이하게 황금빛으로 번쩍이고 있었다.

사해의 마법사들은 젊음을 유지하기 위해서 항상 마법을 쓴다.

바로 이 사내야말로 스톰폴트 왕국의 유일한 사해의 마법사 뷜로 대공이었다.

"드디어 등장했군."

레논이 인상을 잔뜩 쓰면서 말했다.

뷜로 대공은 양팔에 여자를 셋이나 낀 채 연회장을 돌아다니고 있었다.

둠 왕국이었으면 당장 색마로 손가락질당해도 할 말이 없는 행태였지만 격식없는 스톰폴트에서는 그것이 용인되고 있었다.

사람들이 자연스럽게 뷜로 대공 주위로 몰려들었다.

그러나 모든 사람들이 뷜로 대공과 대화를 나눌 수 있는 것은 아니었다.

뷜로 대공은 아름다운 여성만 주로 상대했고, 남자는 전부 건성으로 대했다.

그러나 남자라도 어떤 이들에겐 무척 살갑게 대하기도 했다.

"제가 이번에 광산에 내려갔다가 미스릴을 다량 발견했는데, 대공 전하께 전부 바칠까 합니다. 조금도 부담 가지지 마시고 그저 성의로 생각해 주십시오."

"이야, 자네 통이 참 크구먼! 올포스 남작, 뭐 필요한 건 없고?"

"대공 전하, 아다스 비단이라는 것이 있는데 피부에 닿는 촉감이 그렇게 좋을 수가 없더군요. 대공께 꼭 선물로 드리고 싶습니다."

"내 이번 기회에 침대보를 바꿔볼까 했는데 정말 잘됐구면. 자네 아들이 이번에 마법을 배운다지?"

"대공, 제가 가져온 이 황금 돼지를 보십시오. 콧방울이 아주 예술적이지 않습니까? 전하의 책상 위에 장식하면 제격일 것 같아서 이렇게 들고 왔습니다."

"어이쿠, 뭐 이런 걸 다. 요즘 남부 해양 국가들과 무역을 한다던데, 잘되어가나?"

세상에 돈과 여자를 좋아하는 사람은 얼마든지 있으나 그들은 가능한 자신의 본성을 숨기려고 한다.

지위가 높은 사람일수록 체면이 중요하기 때문이다.

그러나 뷀로 대공은 달랐다.

모든 가식을 내던지고 뇌물과 미인이 너무나 좋다고 노골적으로 티를 냈다.

"네가 어째서 사기꾼 같다고 말했는지 알 것 같구나."

"마법을 쓰는 모습을 보지 못했다면 나는 예전에 저 인간을 사기꾼으로 고발했을 거다."

레논은 오만상을 다 쓰며 뷜로 대공에게 다가갔다.

"오랜만에 뵙습니다, 대공 전하."

"레논 경이로군."

뷜로 대공은 곁눈으로 힐끗 레논을 쳐다봤다.

레논은 억지로 불쾌함을 감추었다.

"대공, 소개시켜 드리고 싶은 사람이 있습니다. 이쪽은 테오발트라 합니다."

"테오발트? 왜 성이 없어? 설마 평민은 아니겠지?"

"예, 그는 비록 평민이지만……."

"왕궁 연회도 물이 많이 더러워졌군. 어디선가 썩은 내가 나는 것 같더라니, 평민 나부랭이가 근방에서 빨빨대며 돌아다닌 탓이었구먼. 카아악!"

뷜로 대공은 가래침을 뱉는 시늉까지 했다.

참을 수 없이 모욕적인 언사에 테오발트보다 레논이 오히려 더 발끈했다.

그러나 테오발트는 아무것도 듣지 못한 것처럼 인사를 했다.

"처음 뵙습니다, 대공 전하."

"누가 네놈 따위 보고 싶다더냐?"

"하나 저는 꼭 대공을 뵙고 싶었습니다."

"듣기 싫다! 썩 꺼지지 못할까!"

"하아."

테오발트는 가볍게 한숨을 토했다.

누가 감히 사해의 마법사 앞에서 그따위 태도를 취한단 말인가.

뷜로 대공은 놈을 끌어내 치도곤을 내기 위해 경비병을 부르려고 했다.

"대공 전하."

테오발트가 다시 한 번 그를 불렀다.

나무라는 것처럼 말하면서 미간을 가볍게 찌푸렸다.

펄펄 뛰던 뷜로 대공은 순간 흠칫 어깨를 떨었다.

아닌 척했으나 자신도 모르게 마른침을 삼키고 있었다.

그는 매우 떨떠름한 얼굴로 테오발트를 한동안 뜯어봤다.

"건… 방진 놈……. 목숨을 부지하고 싶다면 조심하는 것이 좋을 것이다."

뷜로 대공은 이를 드러내며 엄중하게 경고했다.

그리고 앗! 하는 사이에 잰걸음을 놀려 회장 저 반대편으로 떠나 버렸다.

"엇? 잠깐만."

레논이 당황해서 뷜로 대공을 불렀으나 이미 놓쳐 버린 뒤였다.

"가버렸군."

"그렇군."

"괜찮은 거냐? 용건은 꺼내지도 못한 것 같은데."

"글쎄, 기회가 또 있겠지."

테오발트는 턱을 어루만졌다.

과연 킨 볼프와 반응이 비슷했다.

그러나 이 정도로 빌로 대공이 자신을 어려워한다고 확신하기는 아직 일렀다.

레논에게 인사를 하기 위해 사람들이 다시 몰려들었다.

테오발트는 무리에 섞여서 통성명을 하다가 사람들에게 한 가지 제안을 했다.

"부족하지만 제가 찬트 하나는 잘한다고 자신하는 바입니다. 레논 경과 교분을 나누게 된 것도 그 덕분이지요. 이 자리에서 여러분께 찬트를 들려 드리고 싶습니다. 어떠십니까?"

레논이 눈을 휘둥그레 떴다.

갑자기 왜 안 하던 짓을 하느냐는 표정이다.

어쨌거나 사람들의 반응은 좋았다.

"찬트 참 좋지! 듣고 있으면 머리가 아주 맑아지거든. 나는 심판과 저울의 신을 믿는데, 유명한 '고든 성가대'의 찬트를 들으러 일부러 타 신전을 찾는다네."

"레논 경조차 감탄하게 만든 찬트라기에 그러잖아도 정말 궁금해하던 참이네. 어디 들어보세나."

사람들이 박수를 쳤다.

테오발트는 목을 가다듬고 찬트를 불렀다.

거대한 신성력이 해일처럼 장내를 뒤덮었다.

어느덧 장내의 모든 사람들이 홀린 듯 고개를 들어 찬트에 귀를 기울이기 시작했다.

신들의 낙원이 있다면 바로 이런 느낌이 아닐까.

"크악!!"

그때 연회장 한쪽에서 이 상황과는 어울리지 않는 고통에 찬 비명 소리가 터져 나왔다.

뷜로 대공이 두 눈을 부여잡고 신음을 흘리고 있었다.

테오발트는 찬트를 멈추었다.

일부러 놀란 표정을 지으며 그에게 다가갔다.

"뷜로 대공? 찬트는 사악한 마물과 악마들, 오로지 마성을 가지고 있는 존재에게만 해를 끼칩니다. 어째서 찬트를 듣고 고통스러워하신단 말씀입니까?"

그의 말에 회장 내부가 크게 술렁거렸다.

안색이 싹 변한 사람들이 뷜로 대공의 주위에서 황급히 물러났다.

뷜로 대공이 악마로 몰려 돌팔매질을 당하기 전에 이쯤에서 해명이 필요하리라.

"아차, 저의 실수입니다. 대공께서는 항시 마법을 사용한다고 들었습니다. 마법을 쓸 때 동원되는 마력 때문에 찬트와 반발한 모양이군요."

"네, 네 이놈!! 나를 우롱하는 게냐? 네놈이 진짜 뒈지고 싶은 게지!!"

빌로 대공이 고개를 치켜들며 소리쳤다.

찬트 때문에 눈이 벌겋게 충혈되어 있었다.

"죄송합니다. 모르고 한 일이니 너그러이 용서해 주시겠습니까?"

"죄송 좋아하네! 감히 이따위 짓을 벌이다니! 네놈을 갈아먹고야 말 것이다!! 이 자식아, 내가 못할 것 같아?!"

누가 못할 거라 그러던가?

펄펄 날뛰기만 하고 정작 손을 쓰지 못하고 있는 게 정말 킨 볼프와 판박이다.

품위가 현저히 떨어진다는 점만 빼고.

더 이상 의심할 필요가 없었다.

테오발트는 빙그레 웃었다.

"대공 전하, 때로는 찬트를 이용해 신체에 쌓인 탁기를 씻어내는 것은 어떠신지요? 마법을 잠시 중단한다고 대공의 신상에 큰 문제가 생기진 않을 거라고 생각합니다."

"……!!"

빌로는 입술을 움찔거렸다.

욕지기를 토해낼까 말까 대단히 갈등이 심한 것 같았다.

"네… 말이 꼭 틀린 것도 아니군! 목숨 부지한 줄 알아라!"

결국은 소심하게 꼬리를 내렸다.

빌로 대공은 대단히 불편한 얼굴로 휑하니 연회장을 떠났다.

잠시 소란이 있었으나 그가 떠난 뒤 연회장은 다시 평범한 분위기로 돌아갔다.

"평소의 빌로 대공이라면 그 상황에서 절대 그냥 넘어가지 않았을 것이다. 운이 좋았던 거냐, 아니면 다른 무언가가 있는 거냐?"

레논이 물었다.

테오발트는 입술에 침도 안 바르고 말했다.

"운이 좋았던 게다. 그런데 이 연회, 오늘 하루만 하고 끝나는 건 아니겠지?"

"…나흘 동안 이어진다."

"그럼 대공은 내일쯤에 다시 만나면 되겠구나. 지금은 연회나 즐기자꾸나."

테오발트는 술잔을 집어 들었다.

*   *   *

금방 빌로 대공을 만날 수 있으리라 생각했던 것은 완전히 오산이었다.

연회가 시작된 지 삼 일째. 빌로 대공은 오늘도 얼굴을 내밀 생각을 않고 있었다.

계속 나타나지 않는다면 다른 방법을 고안해야 할 것이다.

테오발트는 생각에 잠긴 채 모퉁이를 돌았다.

그때 자그마한 소녀가 튀어나왔다.

"앗!"

테오발트의 어깨에 머리를 박은 소녀는 호되게 엉덩방아를 찧었다.

그녀는 엉덩이를 잡고 신음 소리를 내다 눈을 반짝 떴다.

순간 테오발트는 자신도 모르게 초록색 눈을 기대했다.

그러나 눈꺼풀 아래 있던 것은 맑은 하늘처럼 새파란 눈동자였다.

이제 보니 머리도 까만색이 아니라 화려한 금발이다.

테오발트가 빤히 쳐다보기만 하자 그녀는 날카롭게 외쳤다.

"뭘 보고만 있는 거죠? 사람이 쓰러졌는데 부축해 줄 생각은 않고!"

테오발트의 눈앞에 옛 기억이 겹쳐졌다.

비록 상황은 정반대이지만.

"그렇구나. 내가 쓰러뜨렸으니 내가 부축을 해주는 것이 예의지."

소녀는 테오발트의 말을 듣고 눈을 치켜떴다.

사실 그녀는 꽤 신분이 높았다.

한데 상대가 반말을 한 것이다.

'뭐, 내가 누군지 모를 수도 있는 거니까.'

더 이상 길게 말하지 않았다.

그녀는 드레스를 툭툭 털고 테오발트를 지나쳐 제 갈 길을 떠났다.

아마도 그렇게 스쳐 갈 인연이었다.

그러나 테오발트는 팔을 뻗어 소녀의 손을 붙잡았다.

"앗?"

갑자기 붙잡힌 소녀가 깜짝 놀란 얼굴로 뒤돌아보았다.

위협으로 느낄 수도 있었으므로 테오발트는 일단 손을 놓아주었다.

"가능하다면 시간을 내줄 수 있겠느냐? 차나 한잔했으면 하는데."

"뭐라고요?"

소녀는 어이없다는 기색을 잔뜩 드러냈다.

"당황스러우리라는 것은 이해한다. 바로 이유를 설명하마. 나는 새침한 여자아이를 아주 좋아한단다."

갑자기 낯선 사람에게 붙잡힌 것도 황당하고 이유라고 설명한 것도 역시 뜬금없다.

그러나 소녀는 피식 웃었다.

"다시 해석하면 내게 한눈에 반했다는 뜻이로군요?"

머리가 좋고 자신감이 넘치는 소녀였다.

살짝 올라간 눈초리와 예쁘장한 얼굴.

다른 점도 많으나 그녀는 분명히 레티치아와 닮아 있었다.

"어쩌면 한눈에 반했다는 말이 맞을 수도 있겠지. 사랑에 빠진 가엾은 사내를 위해 온정을 베풀겠는가?"

소녀는 푸른 눈을 반짝거렸다.

데이트를 청하는 방식에 흥미가 동한 것이다.

테오발트는 다시 안타까움을 느꼈다.

초록색 눈이면 훨씬 귀여웠으리라.

눈앞의 소녀로 인해 봇물처럼 쏟아져 나오는 레티치아의 추억은 홀베크의 그것과는 달리 씁쓸함을 안겨주었다.

레티치아는 홀베크보다 참혹하게 죽었다.

어쩌면 그 탓일지도 모른다.

'죽으면 어차피 매한가지거늘.'

"사람을 붙잡아놓고 무례하게 무슨 딴생각을 하는 거예요?"

레티치아를 닮은 소녀가 불퉁하게 물었다.

테오발트는 상념에서 빠져나와 그녀의 머리카락을 쓰다듬어 줬다.

머리가 작아서 한 손에 가득 들어왔다.

"그래, 전부 내가 잘못했다. 꼬마 아가씨야, 내가 어떻게 해주면 화를 풀겠느냐?"

"……"

소녀는 입을 다물고 있다가 잠시 뒤 물었다.

"난데없이 나이가 몇이냐고 물으면 실례가 될까요?"

"괜찮다. 다들 나만 보면 몇 살이냐고 묻지. 열아홉이다."

"어리잖아!"

"그래도 너보단 많을 것 같은데?"

"그야 제가 두 살 어리긴 하죠. 하지만 제가 어린 것과 당신의 말투가 이상한 건 별개예요!"

매섭게 쏘아붙이는 말투에 듣고 있자니 저절로 미소가 흘러나왔다.

눈이 파란색이면 어떻고 빨간색이면 어떤가.

마음이 가면 손을 뻗으면 된다.

테오발트는 소녀의 손을 잡았다.

방심하고 있다가 손을 내준 그녀는 상대를 뿌리치려고 팔을 마구 흔들었다.

뜻대로 되지 않자 그녀는 인상을 잔뜩 썼다.

"정말 무례하군요! 이게 무슨 짓이죠?"

"같이 가자. 차나 한잔 마셔주었으면 한다."

"누구 마음대로!!"

"그렇게 싫으냐? 진심으로 싫다 하면 놓아줄 것이다."

테오발트는 눈을 맞추고 진의를 물었다.

그런 식으로 사람을 똑바로 바라본다면 누구라도 멋쩍은 기분이 들 것이다.

소녀는 발그레 얼굴을 붉혔다.

솔직히 상대가 그렇게 싫지도 않았다.

"흐, 흥! 그쪽에서 남자 체면까지 접고 통사정을 하니 한 잔 정도는 허락하겠어요."

테오발트는 어색함에 꼬물거리는 손을 짓궂게 꼭 붙들었다.

옛날에도 그렇게 했듯이.

"나는 테오발트라고 한다. 네 이름은?"

그녀는 눈을 동그랗게 떴다.

"테오발트? 거짓말! 설마 평민이란 말이에요?"

"그렇다고 할 수 있지. 신분이 마음에 들지 않는다면 거절 해도 좋다. 엄연히 계급이 있는데도 상대를 해주지 않는다고 떼를 쓰지는 않을 것이다."

"그런 것치고는 말투가 여전히 무례하군요!"

그녀는 인상을 찡그렸다.

하지만 표정과는 달리 평민이라는 사실에 크게 개의치 않는 것 같았다.

오히려 재미있다는 기색이 역력했다.

"주눅 들게 하기 싫으니까 이름만 가르쳐 주겠어요. 나는 에스티. 오늘 하루 사랑에 빠진 가엾은 사내를 위해 온정을 베풀 것이니 공주님처럼 모시도록 하세요."

거만하게 말해놓고 마지막에 혀를 삐죽 내미는 모습에 테오발트는 크게 웃고 말았다.

＊　　　＊　　　＊

연회가 마지막 나흘째에 접어들었다.

테오발트가 회장에 나타나자마자 레논은 불평을 터뜨렸다.

"어제 갑자기 어디로 사라졌던 거야? 날 바람맞히다니, 믿을 수가 없군."

"미안하구나. 쿠르트를 통해서 사정이 생겼다고 양해를 구하지 않았더냐."

"사정이 생기면 뒷전으로 미룬다, 이거지? 소드 마스터의 이름값이 어느새 이렇게 가벼워졌군. 하아, 인생무상이로다."

"어린놈이 못하는 소리가 없다."

"녀석, 내가 네 살 위의 형이라는 건 기억하고 있냐?!"

"네가 투정 부리는 모습을 보고 있자면 저절로 그 사실을 잊어버리게 되더군."

"……!!"

잡담은 그쯤 하고 테오발트는 출입구로 시선을 옮겼다.

요란하게 팡파르가 울린 다음 국왕 일가가 등장했다.

둠 왕국의 군주 사자왕은 척 보기에도 강력한 권위와 위엄이 풍기지만, 스톰폴트의 왕은 살이 쪄서 둥그스름한 몸집에 다소 유약한 인상을 가지고 있었다.

그는 특별히 현군도 아니고 우군도 아니라고 들었다.

레논의 고모이기도 한 헬레나 왕비는 아름답고 조용한 여인이었다.

안스바하 왕자는 여전히 심술이 가득한 얼굴이다.

"음?"

국왕 일가를 하나씩 관찰하던 테오발트는 문득 눈에 익은 얼굴을 발견했다.

에스티가 공주의 신분으로 국왕의 뒤를 따르고 있었다.

그녀는 걸으면서 유난히 주위를 두리번거렸다.

사람들 사이에서 테오발트를 발견한 에스티는 새치름하게 눈꼬리를 말아서 웃었다.

상석에 오른 국왕은 좌중의 이목을 집중시켜 놓고 말했다.

"둠 왕국의 행태가 점점 도를 넘고 있소이다! 산나물이나 뜯고 살던 놈들이 운 좋게 쿠 강 유역을 차지한 이후로 마치 온 세상이 자기 것인 것 양 날뛰고 있소! 짐은 더 이상 그 행태를 보고 넘길 수 없다고 생각하오!"

여기저기서 동조하는 목소리가 터져 나왔다.

"폐하의 말씀이 지극히 타당합니다! 시골 촌놈들이 어디 감히 스톰폴트를 넘본단 말입니까!! 대륙 북부는 중부처럼 겁쟁이들만 득시글대는 곳이 아니라는 걸 가르쳐 줘야 합니다!"

"사자왕이라고 거들먹거리는 꼴을 보면 정말 기가 차서 말도 안 나옵니다! 사자왕은 얼어 죽을! 누런 개새끼 왕이겠지!"

"하나를 보면 열을 안다는 말이 있소. 계집에게 홀라당 빠져서 자기 백성을 학살하고 역사 깊은 고성을 불태우는 등 갖은 염병을 다 떨던데, 누렁이 왕답지 않소이까?"

여기저기서 험한 욕설까지 툭툭 섞여 나왔다.

테오발트는 이 연회의 목적을 짐작할 수 있었다.

둠 왕국의 영토 확장에 대비해서 군비를 확충하기 위한 것이었다.

북부의 오랜 패자로서 자존심이 걸린 문제였기 때문에 대다수의 이들이 왕의 의견에 힘을 실어주었다.

국왕의 연설이 끝났지만 사람들은 둠 왕국과 사자왕을 안주 삼아 씹으며 술을 마셨다.

둠 왕국에 대한 적대감이 생각보다 훨씬 강하다는 것은 나름대로 수확이었다.

마링겐 왕비를 치기 위해 앞으로 스톰폴트 왕국의 힘을 빌릴 예정이었기 때문이다.

그때 에스티가 주위로 몰려드는 사람들을 전부 물리치고 테오발트에게 다가왔다.

레논이 의아한 표정으로 먼저 인사했다.

"공주 전하, 오랜만에 뵙습니다."

"뭘 딱딱하게 격식을 차리고 그러시나요? 평소처럼 에스트리트라고 불러요, 레논 오빠."

"그렇게 하라면 그렇게 해야지, 에스트리트."

"말까지 낮추라고 한 적은 없거든요?"

에스티와 레논은 사촌지간이다.

사촌이라도 남 이상으로 서먹할 수 있는데 그들은 마치 친
남매처럼 친분이 매우 깊었다.

"그런데 두 사람, 아는 사이였냐?"

레논이 에스트리트와 테오발트를 번갈아 보며 물었다.

테오발트가 고개를 끄덕였다.

"어제 널 바람맞히고 그녀와 차를 마셨다."

"뭐라고? 정말 재주도 좋군. 하루 만에 공주님을 유혹해 버
리다니."

"길모퉁이에서 우연히 만난 것이 공주였을 뿐이다. 에스티
는 가명이었군. 하긴 에스트리트라고 본명을 대면 금방 신분
을 눈치를 챌 테니까."

테오발트의 말을 듣고 있던 에스트리트는 인상을 썼다.

"내가 공주라는 걸 몰랐을 텐데 왜 반응이 그것밖에 안
되죠?"

"하면 내가 토끼처럼 눈을 뜨고 말을 더듬으면 좋겠느냐?"

"…좀 안 어울리네요."

"그럼 됐다."

에스트리트는 어쩐지 불만스러운 기분이 들어 불퉁한 얼
굴을 했다.

잠시 뒤 그녀는 손뼉을 쳤다.

"맞아! 당신, 왜 자꾸 저한테 반말을 하는 거예요? 어제야 몰랐다 치지만 이제는 공주인 걸 알았으니 존대를 해야 하는 거 아니에요?"

테오발트는 갑자기 표정을 굳혔다.

그는 심각한 얼굴로 침음을 흘렸다.

"흐음, 싫은데……."

"뭐라고요? 지금 싫다고 그랬어요?"

"좋은 생각이 났다. 내가 두 살이 많기 때문에 네가 존대를 해주고 있지 않느냐. 내가 말을 놓는 대신 너도 말을 놓아라."

"이익? 공주인 내가 평민인 당신에게 말을 놓는 건 원래 당연한 거야!"

레논이 발끈하는 에스트리트를 만류했다.

"너도 이미 짐작하고 있겠지만 저 녀석은 평민이 아니다. 내가 부탁할 테니 너그럽게 용서해 줘라."

"하지만 부아가 치밀어요. 어떻게 왕족 무서운 줄을 몰라!"

"어이없지. 내가 왜 이러고 있나 회의도 들지."

둘이 쑥덕거리는 것을 지켜보며 테오발트는 피식 웃었다.

얼렁뚱땅 사적인 자리에서는 반말을 하기로 결정했다.

마치 오래전부터 친한 사이였던 것처럼 세 사람은 시간 가는 줄 모르고 연회를 즐겼다.

불쑥 쿠르트가 술잔을 내밀었다.

테오발트는 익숙한 향에 이끌려 잔에 손을 뻗었다.

홀베크의 권유로 레티치아와 함께 술집에 갔을 때 마셨던 과실주였다.

마치 당시로 돌아간 것처럼 유쾌했다.

결국 연회가 끝날 때까지도 뷜로 대공은 얼굴을 내밀지 않았다.

레논이 물었다.

"이제 어떻게 할 거냐?"

"글쎄다."

테오발트가 턱을 어루만지는 동안 에스트리트가 고개를 갸웃하며 물었다.

"무슨 이야기예요?"

"뷜로 대공에게 용건이 있는데 어찌 된 일인지 첫날 이후로 연회에 나타나질 않는군. 아무래도 초기 계획대로 뷜로 대공의 마차를 습격해야 할 것 같다."

"호호, 농담도. 용감무쌍한 계획이지만 그건 실행 불가능할 거예요. 대공 전하는 이틀 전부터 마탑에 틀어박혀서 두문불출하고 계세요. 들려오는 이야기에 따르면, 한동안 바깥출입을 하지 않을 예정이라더군요."

"…그렇단 말이지?"

갑자기 마탑에 틀어박힌 이유는 둘째 치고, 일이 매우 번거로워졌다.

이제 뷜로 대공을 만나기 위해서는 수많은 마법사들의 눈을 피해가며 마탑 깊숙한 곳까지 숨어들어야만 했다.

생각만 해도 귀찮고 성가셨다.

탑을 통째로 불태워 버리면 알아서 튀어나오지 않을까.

마탑엔 폭발물이 많으니 사고로 대충 위장하면 괜찮을지도 모른다.

테오발트가 위험한 생각을 떠올리고 있을 즈음 에스트리트가 말했다.

"원래 뷜로 대공은 국왕 폐하의 요청이 있어도 움직이지 않는 분이지만, 제가 긴히 만나 뵙고 싶다고 연통을 넣는다면… 어쩌면 마탑에서 나오실지도 몰라요."

"어째서지? 뷜로 대공과 특별한 사이인가?"

테오발트가 묻자 에스트리트는 정색을 했다.

"특별한 사이라뇨! 꿈에라도 그런 소리는 말아요! 나이도 많은 노인네가 만날 때마다 치근대고 추파를 던지는데, 함부로 대할 수도 없는 사람이라 얼마나 고생을 하는지 모른다고요!"

레논이 부연 설명을 했다.

"뷜로 대공이 미인에게 사족을 못 쓰는 인간이라고 설명한 적이 있지? 에스트리트는 공주님인데다가 나라 안에 손꼽히는 미인이잖아. 그래서 에스트리트가 만나자고 말한다면 만사 제쳐 놓고 달려올 가능성도 있다는 거다.”

에스트리트가 겨우 흥분을 가라앉힌 다음 말했다.

“대공은 질색이지만 당신이 꼭 사정한다면 들어주지 못할 것도 없어요. 하지만 대공을 불러낸다고 전부 해결되는 게 아니잖아요. 대공은 왕의 어명조차 무시하는 사람이에요. 그뿐인가요? 신분이 낮은 사람과 평민은 사람 취급조차 하지 않죠. 여기에 대해서 대책은 세워놓은 거예요?”

“별로.”

“뭐예요?”

“만나보면 어떻게 되겠지.”

“지금 장난해요?”

테오발트는 갑자기 입을 다물고 생각에 잠겼다.

“흐음, 네가 대공을 불러낸다면 일이 편하겠지만 역시 이건은 그만두자. 뷜로 대공이 네게 치근댔단 말이지? 그런 놈을 네게 불러달라고 요구하고 싶지 않구나.”

에스트리트는 얼굴을 조금 붉혔다.

“…저 없이 어떻게 뷜로 대공을 만나려고요?”

“내가 알아서 할 것이다. 걱정하지 말거라.”

테오발트는 부드럽게 에스트리트의 머리를 쓰다듬었다.

마탑을 깡그리 불태우면 저절로 튀어나올 텐데 굳이 에스트리트를 불편하게 할 필요는 없었다.

에스트리트는 미간을 찡그리고 테오발트를 쳐다보았다.

"당신을 믿고 싶은데 어쩐지 마음이 놓이질 않네요."

"나도 뭔가 불길하단 생각이 드는군. 내 직감은 잘 맞아떨어지는데 말이야."

레논도 인상을 썼다.

결국 에스트리트는 뷜로 대공에게 긴히 만나고 싶다는 내용으로 편지를 보냈다.

그러나 대공이 반드시 에스트리트를 만나러 온다는 보장은 없었다.

폐쇄적인 마탑이므로 편지를 가지고 간 시종이 문전박대를 당할 수도 있었다.

세 사람은 응접실에서 편지가 제대로 전달되었다는 소식이 당도하길 기다렸다.

세 시간여가 지났을 때 마탑으로 보낸 시종이 되돌아왔다.

에스트리트가 물었다.

"돌아왔군요. 뷜로 대공은 만나 뵈었나요?"

"예, 편지는 잘 전달하였사온데……."

"뭔가 문제가 있었어요?"

"아니, 그게 아니라 지금 대공께서 도착하셨습니다."

콰앙!!

시종이 식은땀을 흘리며 말하기가 무섭게 출입문이 거칠게 열렸다.

뷜로 대공이 양팔을 활짝 펼치고 방 안으로 뛰어들어 왔다.

"오오, 에스트리트 공주!! 오래 기다리셨소? 드디어 그대가 내게 마음을 열어주었구려!"

"……."

에스트리트도 시종처럼 식은땀을 뻘뻘 흘렸다.

자신이 불러냈지만 칩거 선언까지 한 사람이 세 시간 만에 달려올 줄은 몰랐다.

뷜로 대공은 싱글벙글해서 에스트리트에게 다가갔다.

콧대 높던 공주님마저 사해의 마법사란 권위에 넘어가고 말았으니 세상은 역시 한 번쯤 살아볼 만한 곳이다.

그런데 감히 그의 앞을 가로막는 자가 있었다.

반사적으로 눈을 치켜뜬 뷜로 대공은 뒤늦게 테오발트를 발견했다.

그는 소스라치게 놀랐다.

"크헉? 네놈이 어떻게……?! 에스트리트 공주, 이게 어찌 된 거요?!"

"아, 죄송해요. 저분은 테오발트님이라고 하는데 대공께 소개시켜 드리고 싶어서."

"일없소! 제길, 속았잖아!"

뷜로 대공은 이를 북북 갈며 출입문을 당겼다.

그러나 테오발트가 성큼 걸어가서 문을 도로 닫아버렸다.

성질 나쁜 뷜로 대공이 아니더라도 누구나 무례하다고 여길 만한 행동이었다.

"네, 네놈이!!"

빌로 대공은 크게 노하여 볼을 부들부들 떨었다.

에스트리트와 레논도 급히 테오발트를 만류했다.

"테오발트님!"

"테오발트, 그만둬!"

시종마저 우왕좌왕했으나 테오발트는 눈 하나 깜짝하지 않았다.

그는 태연하게 자기 용건을 꺼냈다.

"대공께 긴히 드릴 말씀이 있습니다."

"아무래도 말로 해서는 들어먹을 놈이 아니로구나. 오냐, 오늘 기필코 네놈을 잡아 죽이고 똥 눈 다음 뒤 안 닦은 듯한 기분에서 벗어나고 말리라!!"

테오발트는 빌로 대공의 노성을 한쪽 귀로 흘리면서 레논과 에스트리트에게 손짓했다.

"자리를 피해주겠느냐? 이야기가 길어질 테니 기다리지 말고."

"그게……."

레논은 선뜻 나가지 못하고 망설였다.

그때 빌로 대공이 입술을 이죽대며 말했다.

"저놈 말대로 해라. 살고 싶거든 두 놈 다 내 눈 앞에서 사라져. 스톰폴트가 자랑하는 소드 마스터와 공주님을 찢어 죽이면 대공질을 계속 해먹을 수가 없잖아."

에스트리트는 발만 동동 굴렀다.

전부 테오발트가 대공을 너무 도발한 탓이므로 수습할 방도가 없었다.

한편 레논은 눈썹을 조금 치켜올렸다.

마음만 먹으면 소드 마스터 따위 얼마든지 죽여 버릴 수 있다는 태도가 신경에 거슬렸던 탓이다.

그러나 그깟 이유로 경솔하게 뷜로 대공과 반목할 수는 없었다.

뷜로 대공은 스톰폴트의 위상을 세우는 데 일익을 담당하고 있는 아주 중요한 인물이었다.

레논과 에스트리트는 어쩔 수 없이 방을 나섰다.

"미안하다. 그러나 네가 자초한 일이니까 네가 해결하는 게 맞겠지."

방을 떠나기 전에 레논이 한마디 남겼다.

쿠르트가 마지막으로 방문을 닫고 나갔다.

이로써 방 안에는 테오발트와 뷜로 대공 단둘만 남았다.

"앉으시지요."

테오발트는 대충 자리를 권하고 먼저 의자에 앉았다.

"이, 이 건방진 놈! 이놈이 대체 뭘 믿고……!"

뷜로 대공은 펄쩍 뛰며 분개했다.

분개하면서 한편으로는 계속 의구심을 떨치지 못했다.

단단히 믿는 것이 없다면 제 앞에서 이렇게 건방질 수가 없다.

'설마······.'

그는 오래전에 비슷한 느낌을 가진 존재를 본 적이 있었다.

실은 처음 만났을 때부터 의심했다.

눈앞의 청년은 '그분'과 무척 닮아 있었다.

외모는 딴판이지만 말투나 손짓, 특유의 분위기 같은 것이 너무도 비슷했다.

그냥 닮은 놈이거니 했으나 혹시나 하는 생각이 들어 도저히 함부로 대할 수가 없었다.

갑자기 마탑에 틀어박혀 칩거를 결정한 것도 실은 껄끄러운 기분에서 벗어나기 위해서였다.

뷜로 대공이 죽어라 머리를 굴리는 동안 테오발트는 담배를 꺼내 입에 물었다.

유행이 지난 길쭉한 담뱃대를 보는 순간 뷜로 대공은 더욱 동요했다.

"어, 어린놈이 어디서 담배를 배워가지고."

그는 억지로 동요를 숨기며 평소처럼 빈정댔다.

테오발트는 담배 연기를 뱉어낸 다음 물었다.

"너도 피우겠느냐?"

"예?"

뷜로 대공은 반사적으로 대답한 뒤 자신이 존대로 답했다는 것을 깨달았다.

얼굴에서 식은땀이 비 오듯 흐르기 시작했다.

"빌로 모이칸, 나는 과거에 불사왕이라 불리던 존재다."

불사왕!

설마 했던 사실이 진짜가 되는 순간이었다.

그러나 청천벽력 같은 소리를 가만히 곱씹고 보니 한 가지가 걸렸다.

빌로 대공은 뻣뻣한 목소리로 물었다.

"부, 불리던 존재라니… 요?"

"과거형으로 표현한 것은 내가 힘을 잃었기 때문이다. 기억도 대부분을 잃어버렸기 때문에 자신이 불사왕이란 자각 외엔 딱히 알고 있는 게 없다."

테오발트의 설명이 끝났을 때 빌로 대공은 아주 괴상한 표정을 짓고 있었다.

그 표정을 말로 풀어서 해석하자면 '나랑 장난하자는 거냐?' 정도가 될 것이다.

"으음, 믿기지 않는 모양이지?"

"아닙니다. 불사왕 폐하는 전능에 가까운 힘을 가지고 있지만 어쩌다가 잃어버렸다고 칩시다. 오직 왕만이 알고 있는 사해의 갖가지 비밀도 기억을 잃었으니까 물어봐선 안 되겠죠. 당신은 힘도 없고 기억도 없지만 어쨌거나 불사왕이십니다. 하하!"

쾅!

웃는 낯으로 말하던 뷜로 대공이 벽을 강하게 내려쳤다.

"날 바보 취급하는 거야, 뭐야?! 감히 이 몸에게 장난질을 치다니, 네놈이 진짜 죽고 싶은 게지. 어떤 놈이 보냈냐? 말 안 해도 다 안다. 이런 짓을 할 놈은 악터스밖에 없지!'

"악터스는 누구냐?'

"제길, 아닌 줄 알고 봐도 진짜 같네. 네놈 연기력 하나만은 인정해 주마. 만약 네놈이 진짜 왕이고 힘을 잃은 것이라면 더욱 좋다! 내 이곳에서 왕의 피와 살을 취하고 세상을 손아귀에 넣을 힘을 얻으리라!!'

뷜로 대공의 몸에서 검은 오라가 폭사되어 나왔다.

단지 살기를 드러낸 것뿐이지만 이곳에 심약한 시종이 있었다면 그 자리에서 숨이 멎었을 것이다.

"크하하하하! 불사왕, 죽어랏!'

뷜로 대공은 광소를 터뜨리며 양팔을 높이 치켜들었다.

시커먼 그림자가 공간을 가르며 뻗어나갔다.

그가 다루는 어둠은 대낮 태양의 흔적마저 삼켜 버린다.

한낱 인간 따윈 처음부터 존재하지도 않은 것처럼 소멸시켜 버리리라.

핑!

파삭!

푸스스.

검은 그림자는 테오발트의 심장을 꿰뚫기 직전 보이지 않는 막에 부딪쳤다.

악기의 줄이 끊어지는 소리가 나면서 산산조각이 났고, 허공으로 비산하여 흔적조차 찾을 수 없게 되었다.

테오발트의 눈에 붉은 기운이 일렁이고 있었다.

그 모습을 목격한 빌로 대공은 웃음을 뚝 그쳤다.

팔을 쭉 뻗은 어정쩡한 자세로 굳어버렸다.

그는 발만 움직여 바퀴벌레처럼 뒤로 물러났다.

쿵!

막다른 곳에 다다르자 빌로 대공은 갑자기 비장하게 바닥에 부복했다.

"미천한 마법사가 불사왕 폐하를 뵈옵니다!"

테오발트는 기가 막혀 실소를 터뜨리고 말았다.

궁지에 몰리자마자 손바닥 뒤집는 것보다도 빠르게 태도를 뒤집는데, 자신도 모르게 웃음이 먼저 튀어나왔다.

"네놈이 온몸을 바쳐 날 웃겼으니 이번 한 번만은 용서해 주겠다."

"휴우."

빌로 대공은 안도의 한숨을 쉬고 몸을 일으켰다.

겨우 숨을 돌릴 수 있게 되자 그는 주절주절 말을 늘어놓기 시작했다.

"폐하, 이렇게 말하면 변명처럼 들리겠지만 저는 정말로 왕이 아닌 줄 알았습니다. 크흐흑! 생각해 보십시오. 제가 미쳤다고 불사왕에게 덤비겠습니까? 왕이면 왕이라고 하지, 왜 힘없고 늙어빠진 늙은이를 놀리시는 겁니까? 당신께서 재미로 던진 돌에 이놈은 맞아 죽을 수도 있단 말입니다. 으흐흑!!"

그는 눈가를 훔치는 시늉을 내다가 진짜로 흐느끼기 시작했다.

변명을 하면서 은근슬쩍 테오발트를 책망하기도 하는데 하는 짓이 아주 기가 막혔다.

이상한 건 저런 짓을 하는데 어쩐지 밉지가 않다는 것이다.

"너를 놀리려고 한 것이 아니다. 네놈 하나 제압할 힘 정돈 있지만, 나는 실제로 과거의 권능 중 대부분을 잃어버린 상태다. 내 피와 살을 먹는다고 해서 마력을 얻을 수는 없을 것이다."

뷜로 대공은 눈물을 훔쳐 낸 뒤 제대로 꿇어앉았다.

"…왕이시여, 솔직히 믿기지가 않습니다. 어떻게 그런 일이 일어날 수가 있는 것입니까?"

"마족 중에서 아름다운 외모를 가진 맨발의 계집을 알고 있느냐?"

뷜로 대공은 쉽게 고개를 끄덕였다.

"물론 알고 있습니다. 집시왕비죠."

"집시왕비라……. 그년이 내 몸뚱이를 머리부터 발끝까지 모조리 뜯어 먹었다. 이 육신은 새로 구한 것이지. 기억과 힘을 잃은 것은 그 후유증이 아닌가 싶다."

"컥?"

빌로 대공은 이야기를 듣자마자 턱을 젖히고 숨넘어가는 소리를 냈다.

자칫했으면 뒤로 발랑 넘어졌을 것이다.

"모조리? 머, 머리부터 발끝까지요?"

"무엇이 너를 그렇게 놀라게 하느냐?"

테오발트는 마족에 대해서 아무것도 몰랐다.

하물며 자기 자신에 대한 것조차도 아는 것이 거의 없었다.

사해의 마법사를 찾은 것은 조력을 얻기 위해서이며 정보를 얻기 위해서이기도 했다.

"그런 걸 물으시다니, 정말로 기억을 잃어버리신 것입니까?"

"내가 실없는 소리를 즐기던 성격이던가?"

빌로 대공은 침을 꿀꺽 삼키면서 대답했다.

"사해의 마족 대부분은 기껏해야 왕의 피를 소량 취했을 뿐입니다. 왕의 피 한 방울에는 가공할 만한 마력이 내재되어 있습니다. 마족들은 그 한 방울을 얻기 위해서 기꺼이 목숨을 걸 것입니다. 그런데 집시왕비가 왕의 육신을 머리부터 발끝까지 취했다고 말씀하시니 제가 어찌 놀라지 않을 수 있겠습니까?"

하긴 손끝을 살짝 따서 피를 내는 거라면 모를까, 사지를 죽죽 뜯어내는 게 일상일 리 없다.

테오발트가 제아무리 담대해도 팔이 통째로 잘려 나가는 고통은 무시할 수준이 아니다.

그때 빌로 대공이 혀를 내둘렀다.

"왕께서 이 정도로 집시왕비를 사랑하시는 줄은 몰랐습니다. 육신을 전부 내어줄 정도라니."

테오발트는 인상을 썼다.

"내가 그것을 사랑한다고 말했느냐?"

"예? 예. 제가 사해에서 마법사 노릇을 하고 있을 당시, 그녀는 왕의 총애를 한 몸에 받던 여인이었습니다. 그래서 모든 마족들이 그녀를 왕비라고 불렀지요. 그녀는 마족이 되기 전에는 집시였던 모양입니다. 그래서 집시왕비라는 호칭이 생겼습니다. 신발을 내던지고 맨발로 다니길 좋아하기 때문에 집시처럼 천박하다는 비하의 뜻이 담겨 있기도 합니다."

"……"

테오발트는 굳은 표정을 쉽사리 풀지 못했다.

그는 오래전 독에 중독되어서 집시왕비에게 육신을 빼앗겼다.

하지만 힘을 얼마간 되찾은 뒤, 그깟 독으로 자신이 무력화될 리 없다는 것을 깨달았다.

설령 내장이 모조리 녹아 없어진다 해도 순식간에 복구시

킬 수 있는 권능이 그에게 있었다.

그깟 계집, 마음만 먹으면 얼마든지 바닥에 내팽개칠 수 있었으리라.

하지만 그렇게 하지 않았다.

그는 온몸이 뜯겨 나가는 고통을 참으며 집시왕비에게 육신을 내주었다.

테오발트는 항상 그 이유가 궁금했다.

"그게 사랑하기 때문이었다는 건가? 맙소사!!"

아무리 생각해도 납득이 가지 않았다.

그런 계집에게 사랑을 느끼다니, 때에 따라 취향이 달라질 수도 있겠지만 이건 정말 아니다.

그러나 생각은 길지 않았다.

옛날에 그 계집과 사랑을 했든 철천지원수였든 그게 무슨 상관인가.

기억이 나지 않으니 더욱 거리낄 것이 없다.

"과거에는 어땠는지 몰라도 나는 집시왕비를 사랑하지 않는다. 오히려 나는 지금 당장 집시왕비의 목을 비틀어 버리길 원한다."

"끙, 어떻게 된 일인지 하나도 모르겠으나 왕께서 원하신다면 그리하소서."

뷜로 대공은 넙죽넙죽 머리를 숙였다.

그 모양새가 참 미덥지 않았다.

그래도 없는 것보다는 나으니라.

테오발트는 손짓을 해서 뷜로 대공에게 가까이 오라 일렀다.

"뷜로 모이칸, 나는 집시왕비를 없애기 위하여 너의 힘을 원하고 있다. 내 수족이 되길 거부한다면 목숨을 걸고 내게 도전해야 할 것이다. 너는 어느 쪽을 택하겠느냐?"

"무조건 왕께 충성하겠습니다!"

"빠르구나. 쉽게 충성을 맹세한 만큼 그 무게도 가벼울 테지."

"폐하, 제발 이놈을 믿어주십시오! 저는 오래전부터 불사왕 폐하를 신처럼 숭배해 왔습니다. 창조모신은 직접 보고 만질 수 없으니 왕은 저의 진정한 신이라 해도 과언이 아니었나이다. 한데 제가 어찌 왕께 칼을 들이댄단 말입니까? 당시 공격을 감행한 것은 진짜로 왕이 아닐 거라고 생각했기 때문입니다. 변명을 하는 것이 아닙니다. 이 가슴을 열어 보여 드리리까?"

뷜로 대공은 가슴을 두드리며 열변을 토했다.

급기야 자기 말에 도취해 눈가가 붉게 물들었다.

테오발트는 이렇게 말했다.

"시끄러워."

"큥."

"애초부터 충성 따윈 바라지도 않았다. 네 마음이 가는 대로 행동하라. 다만 나를 배신할 때는 충분히 각오를 하는 게 좋을 것이다."

뷜로 대공은 왜 자길 안 믿느냐며 억울하다고 칭얼거렸다.

도통 마음에 차진 않지만 일단은 뷜로 대공의 협조를 얻는 데 성공했다.

그가 알고 있는 지식은 테오발트에게 큰 도움이 될 것이다.

"네게 듣고 싶은 이야기가 많다. 시간을 내서 사해와 관련된 정보를 모두 알려다오."

"훌쩍! 명대로 하겠습니다. 그밖에 제가 해야 할 일은 없습니까?"

"앞으로 사해의 마법사를 전부 끌어 모을 생각이다. 그들이 은신하고 있는 장소를 아는지 모르겠구나."

"저는 스톰폴트 왕국의 궁정 마법사가 되는 것을 택한 뒤 다른 마법사들과는 일체 연락을 끊고 살았습니다. 거의 40년 가까이 되었죠. 옛날에 은거하던 장소는 알고 있지만 여전히 그곳에서 체류 중인지 의심스럽습니다. 바로 사람을 보내 확인해 보겠습니다."

"그리하라."

"마법사를 모을 생각이라면 제가 꾸려 나가고 있는 마탑을 거점으로 삼는 것은 어떠신지요? 신분을 감추고 생활할 작정이신 것 같은데 마탑의 관계자가 된다면 소신과 자주 접촉하더라도 의심을 사지 않을 것입니다. 명령만 내려주신다면 제가 적당한 자리를 마련해 보겠습니다."

테오발트는 새삼스럽게 뷜로 대공을 빤히 쳐다보았다.

"의외로 쓸모가 있구나."

"하하! 제가 누굽니까! 폐하의 충성스러운 오른팔 뷜로 모이칸이 아닙니까!"

"네놈이 언제부터 내 오른팔이었지?"

"에이, 어차피 부하라고 해봤자 저 하나뿐이면서."

"……."

테오발트는 문득 시종 빌리의 얼굴을 떠올렸다.

촐싹대는 모양이 조금 닮았기 때문이다.

이름까지 비슷했다.

자꾸 그에게 너그러워지는 것은 그 탓인 듯했다.

테오발트는 추억을 회상하며 뷜로 대공의 정강이를 걷어찼다.

뷜로 대공은 오랫동안 서럽다고 훌쩍거렸다.

Chapter 03
마탑

THE KING OF
IMMORTALLY

수도 변두리에는 뷜로 대공이 수장 직을 맡고 있는 츠엔 학파의 마탑이 있다.

마탑은 총 다섯 개의 탑으로 이루어져 있었다.

동쪽 탑은 숙식을 해결하는 곳이고, 서쪽 탑은 수련생들의 교육에 사용되며, 남쪽 탑에서는 마법의 연구가 행해지며, 북쪽 탑은 마탑 고위 관계자들의 개인실이 있다.

마지막으로 가장 규모가 크고 층도 높은 중앙 탑은 뷜로 대공이 혼자 전세를 내고 있었다.

중앙 탑의 수많은 내실 중 한 곳에 뷜로 대공과 테오발트가 자리 잡았다.

"흠, 그런데 한 가지 물어보자. 너는 어떻게 내 정체를 금방 알아봤던 게냐?"

"마족은 자유롭게 외모를 바꿀 수 있습니다. 그래서 저희 마법사들은 고유의 말투나 특징만으로 상대를 파악하는 데 아주 익숙해져 있습죠. 어느 날 높으신 마족이 얼굴을 바꾸고 나타났는데 그걸 못 알아보고 대접을 소홀히 했다고 생각해 보십쇼. 후우, 그날로 파란만장한 인생 종치는 거죠."

뷜로 대공은 몸을 부르르 떨었다.

"흐음, 얼굴을 바꿀 수 있단 말이지?"

테오발트는 마링겐 왕비를 떠올렸다.

인간 같지 않은 아름다움은 어쩌면 본연의 모습이 아닐지도 모르겠다.

"좋아. 설명에 들어가라."

테오발트는 소파에 몸을 묻으며 말했다.

뷜로 대공은 탁자 위에 종이를 깔았다.

"예. 그럼 사해 및 마족에 대한 기본적인 사항을 설명해 드리겠습니다. 일단 제가 세계지도를 그려보겠습니다."

뷜로 대공은 펜을 들고 직접 지도를 그리기 시작했다.

시원하게 선을 죽죽 그어서 제법 그럴듯한 지도 하나가 완성되었다.

"대륙이 두 개나 있군."

인간과 요정, 난쟁이 등이 살아가고 있는 이 땅은 일명 '대류' 이라 불린다.

대륙 저편에는 '사해', 즉 죽음의 바다만이 끝없이 펼쳐져 있다.

그것이 상식이다.

하지만 뷜로 대공이 그린 지도는 달랐다.

망망대해만 있어야 할 장소에 '대륙'과 거의 비슷한 크기의 땅덩어리가 하나 더 그려져 있었다.

"인간들은 자기들이 사는 땅이 전부인 줄 알지만, 사실 이 세상에는 두 개의 대륙이 있습니다. 다만 관행이 굳어져서 다들 인간들이 사는 동대륙을 '대륙'이라 부르고, 마족이 사는 서대륙을 '사해'라고 부르죠."

뷜로 대공은 서대륙을 짚었다.

"그럼 사해의 세력 판도에 대해서 설명하겠습니다. 사해에는 불사왕의 통치 아래 다섯 개의 제후국이 존재하고 있습니다. 인간들의 제후국과는 여러 가지 면에서 차이가 있지만, 절대자로부터 영토를 하사받아 자치권을 행사하는 성질 때문에 일단 제후국이라고 언급하겠습니다."

"사해에 나라가 있다는 뜻인가?"

"당연하죠. 화합과 평화를 부르짖는 인간들도 서로 편을 가르고 땅따먹기를 하는데, 마족들이 사이좋게 어울려서 살 리가 없잖습니까."

"그거 일리있군."

테오발트는 고개를 주억거렸다.

빌로 대공은 다시 설명을 이어갔다.

"초기, 제멋대로 살아가던 마족들은 시간이 지남에 따라 출신 종족에 따라 세력을 구축하기 시작했습니다. 이것은 동족에 대한 연대감이 아니라 타 종족에 대한 멸시를 통해서 만들어진 연합이라 할 수 있습니다. 원래 인간이었다가 마족이 된 자들이 가장 먼저 연합하여 '마도 4국'을 세웠습니다. 본래 요정이었던 마족이 '사령왕국'을, 난쟁이였던 이들이 '사악한 난쟁이 왕국'을 만들었으며, 수적 열세인 기타 수인족은 연합하여 '혈맹'을 만들었습니다. 용족이 기거하는 궁전으로, '흑룡전'도 있습니다. 용족 출신 마족은 극히 드뭅니다. 정확히 5개체가 전부죠. 마도 4국에 대해서 잠시 부연 설명을 하겠습니다. 마도 4국이란 동서남북에 위치하는 네 개의 '마도왕국'을 통칭하는 말입니다. 인간 출신의 마족이 가장 많기 때문에 제후국의 숫자도 가장 많습니다."

빌로 대공은 지도 위에 선을 그어 국경선을 표시했다.

마도 4국이 사해의 절반을 차지하고 있었고, 나머지 절반을 네 개의 제후국이 비슷하게 나눠서 점령한 상태였다.

그 상태로만 본다면 마도 4국이 가장 강력한 전력을 가지고 있을 것 같지만 네 개의 마도왕국은 개와 원숭이처럼 서로 으르렁대는 사이였다.

따라서 표면상으로는 다섯 개, 실제로는 여덟 개의 제후국이 절묘하게 균형이 맞추고 있었다.

뷜로는 마지막으로 서대륙의 한가운데를 가리켰다.

"사해의 중심, 가장 높고 가장 호화로운 그곳에 '대마왕전'이 있습니다. 바로 불사왕께서 기거하는 궁전입니다. 사해의 모든 세력은 불사왕의 지배하에 있습니다. 대마왕전 직속으로 '만년장로'라고 불리는 특별 직위도 존재합니다. 수명이 없는 마족도 사실은 다양한 사건에 휘말려 천 년 안팎으로 모두 사망합니다. 그러나 무려 만 년 넘게 살아온 마족이 셋 있는데 그들이 바로 만년장로입니다. 그들은 불사왕으로부터 몇 가지 특례를 인정받고 있습니다."

만 년!

용족도 천 년이면 세상의 진리를 깨쳐 승천하고, 인간들은 천 년 전에 번성했던 금국(金國)을 잊혀진 고대 왕국이라 부르고 있으니 만 년이 얼마나 긴 세월인지 쉽게 이해할 수 있을 것이다.

테오발트는 만년장로라는 말을 가만히 곱씹었다.

기이하게도 익숙한 느낌이 든다.

그들이 매우 특별한 존재라는 것은 의심할 여지가 없으리라.

"사해에서 '왕'이라 불리고 '폐하'란 존칭을 듣는 이는 오직 불사왕뿐입니다. 그 외에 왕이라든가 장로라는 호칭은 진짜 직위라기보다는 별명에 가깝습니다. 집시왕비가 왕의 총애를 받았기 때문에 왕비라고 불렸던 것처럼 말입니다. 따라서 사해에서 진정으로 의미를 가지는 것은 서열록에 등재된 순위라고 할 수 있죠."

"서열록? 누가 가장 센지 서열을 매긴단 말이냐?"

"마족들은 힘에 따른 상하 관계가 아주 철저하니까요. 서열 1위부터 서열 3위까지는 당연하지만 만년장로들이 차지하고 있고, 그 아래로 서열 4위부터 각국의 제후들이 포진하고 있는데……."

빌로는 종이에 마족의 이름을 나열했다.

서열 1위, 만년장로 적무연.

서열 2위, 만년장로 호운.

서열 3위, 만년장로 겸 흑룡왕 엘더 크라우—흑룡전의 궁주.

서열 4위, 사령왕 야요—사령왕국의 왕.

서열 5위, 마도서왕 트리오네—서부 마도왕국의 왕.

서열 6위, 사악한 난쟁이 왕 피피오—사악한 난쟁이 왕국의 왕.

서열 7위, 혈맹주 진—혈맹의 우두머리.

서열 8위, 마도북왕 워슬레이 하츠—북부 마도왕국의 왕.

서열 9위, 마도남왕 라우지 토가—남부 마도왕국의 왕.

서열 10위, 마도동왕 린델—동부 마도왕국의 왕.

…….

서열 13위, 집시왕비 마리아.

쉼없이 써 내려가던 뷜로의 손이 멈추었다.

"집시왕비 마리아. 원래 그녀는 서열 13위에 등재되어 있었습니다. 그때도 손꼽히는 고위 마족이었지요."

"지금은 어느 정도지?"

테오발트의 질문에 뷜로 대공은 침을 꿀꺽 삼켰다.

"하급 마족 열이 중급 마족 하나를 이기지 못하고, 중급 마족 백이 고위 마족 하나를 이기지 못합니다. 마족은 서열이 올라갈수록 기하급수적으로 강해지는데, 서열 1위인 만년장로 적무연님이 단신으로 사해의 모든 마족들을 제압할 수도 있을 정도입니다. 그녀는 마족이 될 때 불사왕의 왼팔과 어깨를 취했다고 합니다."

그렇다. 겨우 팔 한쪽이 전부다.

그런데 집시왕비는 불사왕을 머리끝부터 발끝까지 모조리 뜯어 먹었다.

집시왕비는 어떻게 변했을까.

차라리 상상하지 않는 게 나으리라.

뷜로 대공은 혀를 내두르며 사해를 그린 종이를 촛불 위로 가져갔다.

작은 흔적도 남기지 않게 공을 들여서 태웠다

"그건 뭐 하러 그렇게 꼼꼼하게 태우는 것이냐?"

테오발트가 묻자 뷜로 대공이 소리쳤다.

"아니, 뭐 하러 태우냐니요! 사해의 정보를 대륙에 남기는 건 금지니까 그렇죠! 바로 왕께서 금지시켜 놓지 않으셨습니까!"

"내가 왜 금지시켰는데?"

"끙."

사해의 자세한 언급을 금하는 것은 마족으로부터 인간을 보호하기 위해서였다.

지금도 대다수의 양민들은 죽음의 바다 어딘가에 불구덩이 지옥이 있을 거라고 생각한다.

마족이나 사해에 대해서 아무것도 모르기 때문에 더욱 두려워하고 경계하는 것이다.

물론 무지로 인한 공포가 절대적인 것은 아니다.

언제 어디서든 마를 추구하는 자는 반드시 등장하곤 했다.

사해의 마법사가 바로 그러한 존재다.

힘을 얻기 위해서 불구덩이 지옥도 마다않고 마족의 발아래로 달려간 자들.

"잠깐. 내가 사악한 마족으로부터 인간을 보호하려고 했다고?"

"예. 왕께서는 마족들의 광기를 억누르기 위해서 무수한 금령(禁令)을 만들었습니다. 만약 불사왕 폐하께서 엄격하게 통제를 가하지 않았다면 이 세상은 오래전에 마족의 손에 멸망했을 것입니다."

테오발트는 본래 간사하고 사악한 것들을 별로 좋아하지 않았다.

그럼에도 그는 사악한 마족들의 왕이었고, 이 부분에서 한 번쯤은 의문을 느낀 바 있었다.

이야기를 들어보니 그는 마족들을 끌고 다니며 사악한 짓을 일삼았던 것이 아니라, 오히려 마족을 억눌러 사악한 짓을 못하게 했다는 것이다.

"인간의 안위가 걱정됐다면 처음부터 마족을 만들지 않았으면 되었을 거 아닌가?"

"에에, 그도 그러네요."

뷜로 대공은 머리를 긁적였다.

할 말이 있는 것처럼 입술을 잠시 움찔거렸으나 그냥 입을 다물어버렸다.

마족을 창조하는 것은 창세로부터 이어졌으며, 그만큼 무게를 가진 행위였다.

일개 마법사 따위가 함부로 입에 담을 일이 아니었다.

테오발트는 흥미로운 표정으로 물었다.

"내가 만든 금령이라……. 예를 들면 어떤 것이 있느냐?"

"왕께서는 가장 먼저 살아 있는 것을 함부로 죽일 수 없도록 제약하셨습니다. '금령 1조 1항, 마족은 5년 주기로 2항에

명시된 생명체를 최대 20개체까지 죽일 수 있다. 제한을 넘기면 사형에 처한다'. 2항의 생명체로는 인간, 요정, 난쟁이, 수인족, 용을 들 수 있습니다."

"…죽여서는 안 된다가 아니고 스무 명만 죽여라?"

"그래도 이 금령이 없었으면 마족들은 매일 수천 명씩 죽이고 다녔을걸요?"

"다른 법은?"

"마족을 해하고 마력을 빼앗는 행위는 조건 불문하고 사형에 처한다. 허가없이 사해를 벗어나면 사형에 처한다. 특정 동식물의 종을 말살하는 행위도 사형에 처한다. 생태계 교란 행위 사형. 산과 바다를 오염시키는 행위도 사형. 자연 환경 훼손 행위 전부 사형."

"전부 사형이군."

"죄의 경중에 따라 신체 절단형을 가하기도 합니다."

"그거 아주 자비로운데?"

테오발트는 생각에 잠겼다.

그가 사해의 모든 마족을 지배하고 통제할 수 있었던 것은 압도적인 힘의 결과였을 것이다.

그렇다면 그가 힘을 잃어버렸다는 것을 알았을 때 마족들은 어떻게 행동할까?

"제게 묻지 말아주십쇼. 저는 그저 왕의 뒤만 따르렵니다."

빌로 대공은 고뇌하길 거부했다.

"마족들은 여러 가지 금령에 묶인 채 사해에서 살아가고 있습니다. 하지만 따지고 보면 인간도 관습 등으로 다양한 제약을 받고 있지요. 마족의 생활은 어떤 면에서 인간의 그것과 크게 차이가 없습니다. 그것은 그들이 원래 대륙에서 살던 인간이고 요정 등등이었기 때문입니다."

똑똑.

그때 문을 두드리는 소리가 들려왔다.

시종이 문밖에서 곤란한 음성으로 말했다.

"대공 전하, 클로르 백작께서 두 시간째 기다리고 계십니다."

그 말에 빌로 대공은 테오발트를 슬그머니 쳐다보았다.

테오발트는 고개를 끄덕였다.

"더 자세한 것은 천천히 듣도록 하자. 나도 슬슬 꼬마들과 수업을 들으러 나가봐야겠군."

테오발트는 빌로 대공의 강력한 주장으로 그의 직계 제자가 되었다.

마탑을 자유롭게 드나들기 위해서였다.

다만 초급반을 벗어날 때까지는 일반 수련생들과 함께 마탑 내의 기숙사에서 생활해야 한다는 규칙 때문에 잠시 발이 묶여 있는 상태였다.

"아아! 왕이시여, 정말 송구스럽습니다! 신분을 감추기 위해라고는 하나 폐하께서 이놈의 제자가 되다니. 하지만 일반 수련생으로 마탑에 들어오면 3년간 바깥출입을 할 수가 없기 때문에……."

"알고 있으니 신경 쓰지 말거라."

테오발트는 자리에서 일어났다.

그가 방을 나갈 즈음에 등 뒤에서 낄낄대는 소리가 조그맣게 들려왔다.

"우히히, 왕이 내 제자다. 나중에 악터스 놈에게 자랑해야지."

테오발트는 진지하게 생각했다.

재밌으니까 내버려 두자고.

*   *   *

로지나 하워드는 어릴 적부터 마법사가 되는 것이 꿈이었다.

마법사가 되면 나이를 먹지 않는다는 소문 때문이었다.

실제로 사해의 마법사들은 100살이 넘어도 젊음을 유지하고 있었다.

그녀는 60세 노인이 되어서도 팽팽한 피부를 유지하고 있는 자신을 상상했다.

물론 아무나 그런 경지에 오르는 게 아니라는 것 정도는 알고 있다.

하지만 소녀다운 꿈을 위해 장래 희망을 결정하는 것도 나쁜 일은 아닐 터였다.

"드디어 꿈에 한 발자국 다가섰구나!"

로지나는 다섯 개의 마탑을 우러러보며 황홀경에 빠졌다.

스톰폴트 최고의 마법학파 츠엔 학파에서 합격 통지서가 날아왔을 때 그녀는 꿈이라도 꾸는 듯했다.

신기한 눈으로 마탑 여기저기 둘러보면서 숙소로 향했다.

커다란 방 안에는 열 개의 침대가 놓여 있었다.

마탑은 직위에 따라서 그 대우가 천차만별이다.

갓 마탑에 들어간 로지나는 남녀 구분조차 없는 이 방에서 적어도 3년은 단체 생활을 해야 했다.

이후 직위가 올라가면 2인실을 배정받고, 간부가 되면 1인실에 개인 연구실까지 따로 배정받을 것이다.

로지나는 침대 위에 짐을 던져 놓고 먼저 도착한 학생들과 수다를 떨기 시작했다.

"혹시 이거 알아? 올해는 진짜 장난 아냐. 얼마 전에 뷜로 대공께서 일곱 번째 직계 제자를 받아들였잖아. 초급 단계가 끝날 때까지지만 그 사람이 우리들과 한방을 쓰게 될 거래. 게다가 안스바하 왕자님이 이번에 마탑에 들어왔다더라?"

"정말로? 대공의 직계 제자가? 안스바하 전하를 말하는 거 맞아?"

"우리나라에 왕자님이 그분 말고 더 있어? 우린 뷜로 대공의 직계 제자와 안스바하 왕자님의 동기가 되는 거야!"

그들이 열띤 대화를 나누고 있을 때 테오발트가 쿠르트를 하인으로 대동하고 숙소로 들어왔다.

몇몇 수련생이 잠시 고개를 들어 그를 주목했다.

그 이유는 다름이 아니라 테오발트가 조금 잘생겼기 때문이다.

로지나도 남몰래 감탄사를 터뜨렸다.

'와, 미남이네? 조금 내 타입인가?'

쾅!

그때 문이 거칠게 열리며 안스바하 왕자가 등장했다.

그는 방을 둘러보다가 테오발트를 발견하자마자 삿대질을 했다.

"네놈! 잘도 그 뻔뻔한 낯짝을 들고 여기까지 왔겠다!"

평화롭게 창밖을 내다보던 테오발트는 고개를 기우뚱했다.

그는 일단 침대에서 일어났다.

"안스바하 전하, 이런 곳에서 다시 뵙다니 뜻밖의 우연이군요. 그런데 무슨 말씀을 하시는지 모르겠습니다."

"모른다? 네놈에겐 양심이란 게 있는지 궁금하구나! 이런 육시랄 놈! 내 보물을 가로챈 것으로 모자라서!"

"그것은 오해라고 이미 말씀드렸습니다."

"오냐, 그건 오해라 치자. 네놈이 뷜로 대공에게 금은보화를 상납하고 직계 제자 자리를 샀다는 소문까지 있다. 그건 어찌 해명할 테냐?"

"소문?"

테오발트는 그런 소문을 들은 적이 없었다.

게다가 발상조차 황당했다.

"왕자 전하, 뷜로 대공이 돈을 좋아하는 건 사실이지만 설마 직계 제자 자리를 돈으로 팔겠습니까?"

"보통 재물이 아니라 고대 왕국의 보물이다! 그 정도라면 대공이 흔들리고도 남지!!"

안스바하 왕자가 소리치자 놀랍게도 주위 사람들이 그 말에 일리가 있다고 숙덕거리기 시작했다.

뷜로 대공의 신뢰는 이미 바닥까지 추락해 있었던 것이다.

주위의 동조에 힘입어 안스바하 왕자가 기세 좋게 외쳤다.

"하늘이 알고 땅이 아는 일을 숨기려 해봤자 소용없다!! 네놈은 뷜로 대공에게 돈을 주고 직계 제자의 직함을 산 것이 틀림없어!! 내 보물을 빼돌려서!!"

"……"

테오발트는 갑자기 생각에 잠겼다.

사람을 눈앞에 세워놓고 딴생각을 하는 것은 큰 실례다.

하물며 그 상대가 왕자라면 어떨까.

안스바하 왕자가 폭발하기 직전, 테오발트가 입을 열었다.

"전하께서는 그동안 마경의 보물에 강한 집착을 보여왔습니다. 저는 단순히 금은보화가 탐났기 때문이라고 생각했습니다만, 실은 그게 아니라 보물을 이용해서 뷜로 대공의 직계 제자가 되기 위해서였습니까?"

"뭐, 뭐?"

"어디서 갑자기 그런 어처구니없는 주장이 튀어나왔는지 생각해 봤습니다. 왕자님의 입에서 나온 말이니 결국 왕자님의 머리에서 나온 것이 아니겠습니까? 가끔 그런 사람들이 있죠, 세상 사람들이 전부 자신과 똑같은 계획을 세우고 있는 줄 아는 사람이."

안스바하 왕자는 얼굴을 시뻘겋게 붉혔다.

정곡을 찔렸다고 표정에 고스란히 드러났다.

"내, 내 얘기로 논점을 흐리려고 들지 마라! 네놈은 돈으로 직계 제자가 된 것이 분명해! 건방진 놈 같으니! 평민 주제에! 대공은 신분이 낮은 자를 질색하는데 네놈이 무슨 수로 그분의 제자가 된단 말이냐? 게다가 일확천금을 얻자마자 대공의 제자가 되다니, 그 시기가 지나치게 공교롭지 않느냐?"

안스바하 왕자는 주위에 동조를 구하듯 외쳤다.

"틀린 말은 아냐. 나도 갑자기 나타나서 직계 제자가 된 것이 수상하다고 생각했거든."

"흠, 어떨까?"

"쟤가 평민이래? 진짜?"

수련생들이 한마디씩 하는 바람에 방 안이 소란스러워졌다.

안스바하 왕자와 테오발트의 언쟁은 계속 이어졌다.

"네놈은 대공의 진짜 제자가 아니다!"

"모든 게 오해라고 아무리 말씀드려도 소용없군요."

"어차피 돈을 주고 산 자리다! 네놈이 허울 좋은 껍데기에 불과하다는 것을 곧 모든 사람이 알게 될 것이다!"

"그런가."

테오발트는 잔뜩 귀찮은 기색으로 한마디 던진 뒤 왕자를 내버려 두고 침대에 드러누웠다.

때마침 노마법사가 인원을 확인하기 위해 숙소에 들어와서 겨우 소란이 마무리되었다.

"뷜로 대공의 직계 제자라도 왕자님과 적대 관계가 되어선 좋지 않을 텐데."

"장난 아니네."

로지나도 친구들의 의견에 동조했다.

그리고 다른 아이들처럼 슬그머니 테오발트와 거리를 벌렸다.

'좀 아깝지만 왕자와 적대 관계에 있는 녀석과 가까이 지내서 좋을 게 없는걸.'

마탑에서의 첫날이 저물고 있었다.

마탑에 입소한 첫날엔 일정이 없었지만 둘째 날부터는 본 격적인 수업이 시작된다.

로지나는 긴장을 하다가 아침 일찍 눈을 떴다.

자리에서 일어나니 방 안의 모든 수련생이 잠들어 있었고 하인 한 명만이 유일하게 움직이고 있었다.

테오발트가 하인으로 데려온 쿠르트였다.

로지나에게 있어 테오발트는 껄끄러운 상대지만 흥미로운 상대이기도 했다.

어느 누가 감히 왕자에게 그처럼 무례하게 행동할 수 있단 말인가.

꿩 대신 알이라고, 그녀는 슬쩍 테오발트의 하인에게 다가 갔다.

"부지런하구나. 힘들지?"

로지나가 호기심에 눈을 반짝이며 질문을 던졌다.

쿠르트는 손을 멈추고 그녀를 가만히 바라보다가 빙그레 미소 지었다.

로지나는 조금 놀랐다.

멀리서 볼 땐 모자를 깊숙이 쓰고 수염을 길러 조금 음침해 보였는데 가까이서 보니 의외로 생김새가 번듯했다.

'와, 얘도 수염 깎고 잘 꾸미면 은근히 미남일 거 같네?'

로지나가 감탄하는 사이 쿠르트는 컵에 물을 따랐다.

그때 잠들어 있던 테오발트가 잠에서 깨어났다.

그가 몸을 일으키는 것을 보고 로지나가 살짝 당황했다.

"아, 목소리 낮춰서 이야기했는데. 나 때문에 깼니?"

"······."

테오발트는 천천히 고개를 돌려 그녀를 바라보았다.

로지나는 자신도 모르게 흠칫했다.

눈이 얼음장처럼 차가웠기 때문이다.

"무엄한 계집. 아침부터 피를 봐야겠느냐. 허락없이 침전(寢殿)에 침입하는 놈은 예외없이 찢어 죽일 것이라 공언했을 터."

그가 손을 기이하게 움직였다.

로지나는 알 수 없는 압박감에 눌려 꼼짝도 할 수 없었다.

그때 쿠르트가 미리 준비해 둔 물 잔을 테오발트의 눈앞에 불쑥 내밀었다.

"테오발트님."

그는 순간 멈칫했다.

물 잔을 물끄러미 보더니 찬물을 쉬지도 않고 들이켰다.

쿠르트가 말했다.

"꿈을 꾸신 모양입니다."

"아아, 꿈과 현실이 뒤섞여서 진짜 정신 사납군."

그제야 압박감에서 벗어난 로지나는 한숨을 내쉬었다.

그때 쿠르트가 그녀에게도 찬물을 내밀었다.

"놀라셨습니까? 저희 주인님께서 잠버릇이 조금 험한 편입니다."

"응, 뭐······."

로지나는 물을 받아 마시고 얼른 그곳을 떠났다.

평민 주제에 무슨 잠버릇이 저따위인지 놀란 심장이 아직도 펄떡거리고 있었다.

'근데 이름이 테오발트구나. 하인의 이름은 뭘까?'

그녀는 자리로 돌아와서 뒤늦게 생각했다.

수련생들이 하나둘씩 일어나기 시작했다.

그 뒤로는 금방 분주해졌다.

일찍부터 수업이 있기 때문이다.

탈의실에 가서 옷을 갈아입고 짧은 시간 동안 아침 식사를 끝낸 뒤 바로 교실로 향했다.

모든 이들이 착석하고 안스바하 왕자가 가장 늦게 교실에 들어왔다.

그는 테오발트를 잠시 노려보았을 뿐, 서둘러 자기 자리로 들어가서 책을 펴고 필기도구를 꺼냈다.

다들 한 번쯤 더 시비가 붙을 거라고 생각하고 있다가 아무런 말도 없자 고개를 갸웃거렸다.

잠시 뒤 검은 로브를 입은 마법사가 교실 안으로 들어왔다.

"저는 메이런 퍼싱 자작입니다. 앞으로 기초반에서 여러분을 가르치게 될 것입니다. 오늘은 첫날이니만큼 마법의 가장 근본적인 부분을 짚어가는 시간을 가지도록 하겠습니다. 수업을 시작할 테니 집중하십시오."

"잘 부탁드립니다."

간단한 인사 뒤에 곧바로 수업이 시작되었다.

"여기서 불사왕을 모르는 자는 없으리라 생각합니다. 전해지는 이야기에 따르면 그는 셀 수도 없이 오랜 세월을 살아왔다고 합니다. 일설엔 창세의 순간부터 존재했다는 말까지 있을 정도입니다. 그는 지상의 모든 사악한 것들은 창조한 자이기도 합니다. 사람들을 습격하는 각양각색의 기괴한 마물, 그리고 사해에서 살고 있는 마족들. 그 모두가 불사왕의 권속이지요."

수업을 듣던 로지나는 문득 테오발트에게 시선을 주었다.

그는 창밖을 내다보고 있었다.

어딘가 탐탁지 않은 표정이었다.

로지나는 잠깐 의아해하다가 관심을 거두고 다시 수업에 몰두했다.

"불사왕은 어둠에 영혼을 팔아넘긴 자들을 마족으로 만들고 강력한 마력을 부여합니다. 다시 말해 마력은 마족의 고유한 힘인 셈입니다. 우리들 인간은 마력을 보유하는 것이 불가능하죠. 그렇다면 인간 마법사는 어떻게 마법을 사용할까요?"

"사제가 신의 힘을 빌리는 것처럼 마법사는 마족의 마력을 빌려 쓰는 것이 아닌지요?"

안스바하 왕자가 손을 들고 대답했다.

"잘 알고 계시는군요. 그럼 이제 중요한 것은 '마족으로부
터 어떻게 마력을 빌려오는가' 일 것입니다. 이것은 마법사의
존재를 가능케 하는 가장 중대한 비밀입니다. 이제부터 여러
분에게 모든 비밀을 가르쳐 드릴 것입니다. 먼저 경고하는데
이 자리에서 배운 것을 절대로 외부에 유출해서는 안 됩니다.
만약 규칙을 어길 시엔 마탑 연합 전체의 공적이 된다는 것을
유념하시기 바랍니다."

수련생들은 침을 꿀꺽 삼켰다.

메이런은 가장 앞자리에 앉은 수련생에게 다가가 손등이
보이도록 손을 내밀게 했다.

그 위에 손을 얹고 정신을 집중했다.

검은 문자가 문신처럼 손등에 파고들었다.

그러나 잠시 뒤엔 흔적도 없이 사라졌다.

"이제 당신은 츠엔 학파의 마법사가 되었습니다."

과정이 너무나 간단했기 때문에 수련생들은 눈만 끔뻑였
다.

그러나 정작 일련의 과정을 거친 수련생은 얼굴이 잔뜩 상
기되었다.

검은 문자를 통해 지금까지는 느낄 수 없었던 무한한 힘을
느낄 수 있었기 때문이다.

아직 미숙하기에 자유로이 마력을 사용할 수는 없었다.

하지만 마력이 손끝에 닿은 것만으로도 가슴이 설레기 시작했다.

그만큼 신비롭고 그 어떤 것보다도 강력한 힘이었다.

로지나도 손등에 찍힌 검은 문자를 연신 만지작거리며 흥분했다.

"흐음, 마치 낙인 같군."

불현듯 들려오는 목소리에 로지나는 고개를 돌렸다.

메이런도 그 목소리를 들었다.

"테오발트 군, 질문이 있습니까?"

테오발트가 손등을 들며 말했다.

"세상에서 가장 위험하고 매력적인 낙인이군요. 마족의 소유물이 되었음을 인정하는 대신 그의 강력한 힘을 사용할 수 있게 되었으니."

"……."

메이런의 표정이 굳었다.

그는 헛기침을 한 뒤 입을 열었다.

"오해가 있는 것 같군요. 오랜 옛날 마족들은 자신에게 충성을 바치겠다고 맹세한 자들에게 낙인을 새겼습니다. 낙인을 통해 자신의 부하가 되었음을 알리는 동시에 마력을 사용할 수 있게 한 것입니다. 하지만 지금은 어떻습니까? 평생 마족의 그림자 한 번 보지 못한 사람들이 이 문자를 얻어서 마법을 쓰고 있습니다. 그 이유는 마족들이 휘하의 마법사를 대륙으로 내보낸 뒤 그대로 방치해 버렸기 때문입니다. 대륙에 남겨진 채 10년, 20년 시간이 계속 흐르자 사해의 마법사들이 마력을 사용하는 방법을 외부로 유출시키기 시작했습니다. 그것이 전 세계로 확산되어 지금에 이르게 된 것입니다. 테오발트 군의 말은 사실입니다. 오랜 옛날 이 문자는 노예 낙인과 비슷한 의미를 가지고 있었습니다. 그러나 지금은 낙인으로써의 의미를 상실한 상태입니다. 다들 마력은 사용하고 있지만 마족에게 충성을 바칠 의향은 조금도 없으니까요."

수련생들은 조금 술렁거렸다.

마족과 무관하다는 것에 안심하면서도 한때나마 노예 낙인이었다는 말에 불쾌감을 느꼈다.

마탑에 들어오는 수련생들은 하나같이 명망 높은 가문의 귀족이었기 때문이다.

그중 한 사람은 왕자이기도 하다.

테오발트는 메이런 자작의 말에 수긍했다.

"무슨 말씀인지 알겠습니다. 그럼 한 가지 더 묻겠습니다. 만약 마족이 나타나서 내게 충성을 바치지 않는다면 모든 마력을 거두어가 버리겠다고 말한다면 당신은 어떻게 하겠습니까? 평생을 바쳐 수련했던 마법을 포기할 각오가 서 있으십니까?"

"테오발트 군!!"

메이런 자작은 대답 대신 언성을 높이는 것으로 상황을 무마하려고 했다.

그러나 한 번 더 추궁한다면 마법을 포기하겠다는 말이 나왔을 것이다.

속마음이야 어쨌든 감히 마족을 따르겠다는 말은 할 수 없는 일이니까.

테오발트는 더 이상 묻지 않았다.

메이런은 찜찜한 표정으로 다시 수업을 시작했다.

주로 마력을 다루는 방법에 대해서 설명이 이어졌고, 이윽고 마칠 시간이 다가왔다.

질문이 없냐는 말에 안스바하 왕자가 손을 들었다.

"메이런 자작, 마족은 무슨 생각으로 사해의 마법사를 대륙으로 쫓아낸 걸까요? 추측이라도 좋습니다."

"역사 시간에도 배우셨겠지만 사해의 마법사들조차 그 이유를 모르고 있습니다. 여러 정황을 통해 사해의 마법사들이 거짓말을 하고 있지 않다는 것이 정설로 자리 잡은 상태입니다. 한마디로 93년간 그 누구도 풀지 못한 희대의 수수께끼인 셈이죠."

메이런은 호의적인 미소를 보내며 대답했다.

안스바하 왕자는 수업 시간 내내 적극적으로 수업에 동참했다.

열의를 보이는 학생을 싫어할 선생님은 없다.

"끄응, 힘들다."

메이런이 교실을 떠난 뒤 로지나는 기지개를 켜며 자리에서 일어났다.

하지만 안스바하 왕자는 여전히 자리에 앉아 수업 시간에 들은 내용을 정리하기 시작했다.

힘들게 츠엔 학파에 들어온 만큼 수련생들은 모두 열의를 불태우고 있었다.

하지만 안스바하 왕자는 그 정도가 아니었다.

필기를 하는 그의 모습은 어쩐지 매우 필사적으로 보였다.

"왜 저렇게 열심이지?"

"적어도 어리광쟁이는 아니로군. 레논의 이야기와는 다른데?"

로지나는 고개를 들었다.

테오발트가 근처에 서서 혼잣말을 하고 있었다.

우연히 눈이 마주치자 테오발트는 갑자기 그녀를 향해 빙그레 미소를 지었다.

로지나는 얼굴이 화끈 달아오르는 것을 느꼈다.

'왜 웃는 거야? 그런데 웃는 얼굴이 그 하인 녀석과 좀 비슷한 것 같네?'

로지나가 생각에 잠긴 동안 테오발트는 그녀의 곁을 지나쳤다.

순간 로지나의 머릿속으로 뒤늦게 한 가지 사실이 스쳐 지나갔다.

"앗!! 그런데 레논이라면 혹시……?"

그녀의 혼잣말에 테오발트가 대꾸했다.

"소드 마스터 레논."

"역시!!"

그녀는 네가 어떻게 소드 마스터를 아냐고 눈빛으로 추궁했다.

테오발트는 대답은 않고 뜬금없는 소리를 했다.

"레논은 어리석은 왕자님을 싫어하더군. 왕자님은 그 사실을 알고 있을까?"

"예?"

그는 홀연히 교실을 떠났다.

로지나는 한동안 그 진의를 구분하기 위해 애써야만 했다.

"딴에 뷜로 대공의 제자라고 자리를 차지하고 앉아 있군! 돈으로 제자가 된 주제에 부끄러운 줄도 모르고!!"

친구들과 잡담을 나누던 로지나는 커다란 목소리에 깜짝 놀랐다.

"또야?"

안스바하 왕자가 눈을 치켜뜨고 테오발트에게 고함을 지르고 있었다.

그는 수업 시간이나 공부를 할 때는 한마디 잡담도 않고 집중을 했지만, 조금만 한가해지면 테오발트를 붙잡고 분풀이를 했다.

그야말로 틈만 나면 시비를 건다고 할 수 있다.

왕자가 대놓고 무시를 하자 그에게 동조하는 이들이 나타났다.

로지나는 멀리 떨어져서 모른 척하는 부류에 속해 있었다.

그래도 혼자 다니는 테오발트를 보면 마음이 편치 못했다.

정작 본인은 아무렇지도 않은 듯했지만.

"시끄럽군."

테오발트는 다분히 귀찮은 표정으로 귀를 막는 시늉을 했다.

"이 무엄한 놈! 드디어 오늘 너의 실체가 드러나게 될 것이다! 어디 한번 사람들 앞에서 창피나 당해봐라!"

안스바하 왕자가 큰 소리를 치고 방을 나섰다.

일주일간 줄곧 마법의 역사나 이론만 배우다가 드디어 실전 기술을 배우는 날이 다가왔다.

메이런 자작이 말하길, 첫날엔 아주 기초적인 마법조차 발현시키지 못하는 이가 부지기수라 했다.

안스바하 왕자는 테오발트가 그런 놈들 중 하나가 될 것이라고 공언하고 다녔다.

수련생들은 실습이 시행될 수련장으로 향했다.

메이런 자작이 먼저 수련장에서 기다리고 있었는데, 어딘가 바짝 긴장한 모습이었다.

"달리아, 무슨 일인지 알아?"

로지나가 정보통으로 유명한 친구에게 물었으나 그도 고개를 저었다.

그때 달리아가 눈을 크게 뜨고 출입구를 가리켰다.

준수한 청년이 막 공터 안으로 들어오고 있었다.

"레논 이글아이!"

"응? 뭐? 소드 마스터 레논?"

로지나는 눈을 동그랗게 뜨고 금발의 청년을 살펴보았다.

달리아의 탄성은 멈추지 않았다.

청년의 뒤를 이어 들어오는 금발의 소녀를 가리키며 또 외쳤다.

"에스트리트 공주!"

"응? 진짜 에스트리트 공주님이란 말이야?"

최연소 소드 마스터 레논 이글아이와 총명하고 아름다운 에스트리트 공주는 스톰폴트 왕국 최고의 유명 인사였다.

난생처음 실물을 만난 로지나는 감탄사를 터뜨렸다.

금발과 푸른 눈을 가진 두 남녀는 아름다울 뿐 아니라 말로 설명하기 힘든 특별한 분위기가 있었다.

"레논, 에스트리트, 여기는 어쩐 일이지?"

안스바하 왕자가 앞으로 나가 외사촌과 여동생을 맞이했다.

나란히 서자 안스바하 왕자는 겉모습부터 비교가 되었다.

갈색 머리에 평범한 얼굴을 가진 안스바하 왕자는 도무지 두 사람과 한 핏줄처럼 보이지 않았다.

차라리 레논과 에스트리트가 남매라면 믿으리라.

"예, 만날 사람이 있어서 찾아왔습니다. 수일 전부터 면회 신청을 했는데 드디어 오늘 허가가 떨어졌더군요."

레논은 간단히 인사를 한 다음 주위를 둘러보았다.

그리고 대뜸 언성을 높이며 달려갔다.

"테오발트!! 이번엔 말도 없이 마탑에 들어가 버렸겠다! 네 놈은 내가 안 찾아오면 그대로 안면 몰수할 생각이지?"

"레논 오빠는 그렇다 치고 제게도 연락을 하지 않은 것은 너무하다는 생각이 드는군요. 제게 한눈에 반해 버렸다고 말씀하신 게 누구더라?"

에스트리트 공주도 턱을 치켜들고 말했다.

테오발트는 인상을 썼다.

"번잡스러운 녀석들. 금방 나갈 텐데 여긴 뭐 하러 왔느냐?"

"뭐예요?!"

"아, 어느덧 저 말투에 익숙해져 있는 자신을 발견하는군."

테오발트의 대꾸에 놀란 것은 수련생들뿐이다.

레논과 에스트리트 공주는 결국 웃으며 받아넘기고 있었다.

신분이 낮은 테오발트가 반말을 툭툭 던져도 조금도 신경 쓰지 않았다.

"막무가내로 뷜로 대공에게 쳐들어가는 걸 보고 감옥에 끌려가는 건 아닌가 했더니."

"걱정했나?"

"전혀! 네 녀석이라면 무슨 수를 써서든 볼일을 마치고 나오리라 생각했다. 어디서 이런 근거없는 믿음이 나오는지는 모르겠지만. 그래도 뷜로 대공의 직계 제자가 되어 돌아올 거라곤 상상도 못했어!"

"맞아요. 무슨 짓을 한 거예요? 아주 수상해."

"수상할 것 없다. 전부 내가 출중한 덕이니라."

"헐."

그들은 주위의 시선에도 아랑곳 않고 화기애애한 분위기에서 대화를 나누었다.

다소 소외되어 뒤에 떨어진 안스바하 왕자는 이를 사려물었다.

"조용히 하라!"

그때 마법사 메이런이 다급히 수련생들을 정렬시켰다.

뷜로 대공이 수행원을 대동하고 수련장에 등장했다.

수련생들의 놀라움은 레논이나 에스트리트 공주가 나타났을 때와는 비교도 할 수 없었다.

마법사를 목표로 삼는 자들에게 사해의 마법사란 가히 신과도 같았다.

백 년이 지나도 젊고 건강한 신체를 유지하며, 일반인들로 서는 상상도 할 수 없을 만큼 강력한 마법을 구사하는 자.

탐욕스럽고 경박한 성품이라는 사실은 아무래도 상관없을 정도로 뷜로 대공은 엄청난 능력을 가진 존재였다.

"대공 전하께서 수업을 참관하겠다고 말씀하셨다. 다들 정신 바짝 차리도록 하라. 수업 참관을 허락받으신 두 분은 울타리 밖으로 물러나 주십시오."

레논과 에스트리트 공주는 테오발트에게 지켜보겠노라 장난스럽게 엄포를 놓고 수련장 외곽으로 걸어갔다.

수업이 시작되자 메이런은 살짝 긴장한 모습으로 앞에 나섰다.

수련장 곳곳에는 다양한 크기의 바위가 몇 개 구비되어 있었다.

메이런은 그중 어린애 몸통만 한 바위를 겨냥하여 오른팔을 앞으로 내밀었다.

눈을 감고 정신을 집중하자 팔뚝에서부터 천천히 검은 그림자가 피어오르기 시작했다.

그림자는 손끝으로 모여들더니 단창의 형태를 갖추었다.

슉!

조그맣게 공기가 가르는 소리가 난 뒤 단단한 바윗덩어리에 손가락 한 개 굵기로 깨끗하게 구멍이 뚫렸다.

가까이 다가가니 구멍을 통해 뒤가 훤히 보였다.

수련생들은 놀라움과 흥분에 감탄사를 토했다.

메이런이 가볍게 호흡을 정리하며 말했다.

"후우, 이것은 츠엔 학파의 가장 대표적인 공격법이라고 할 수 있습니다. 돌은 물론이며, 단단한 미스릴도 꿰뚫을 수 있지요. 그러나 첫날부터 많은 것을 바라지는 않는 것이 좋을 것입니다. 저 바위에 흠집을 낼 수 있게 되는 날 여러분은 기초반을 졸업할 수 있게 될 것입니다."

한 사람씩 나와서 메이런이 가르친 대로 마법을 구현했다.

다들 의욕이 넘쳤으나 바위에 구멍을 뚫기는커녕 검은 기운을 일으키는 것이 고작이었다.

이윽고 테오발트의 차례가 다가왔다.

안스바하 왕자가 적대하고 있는 인물이고, 소드 마스터와 공주가 그를 만나기 위해 여기까지 찾아왔다.

어쩌면 빌로 대공도 직계 제자인 그의 능력을 확인하기 위해 온 것일 수도 있었다.

좌중의 시선이 자연스럽게 그에게 쏠렸다.

그때 안스바하 왕자가 작은 목소리로 빈정거렸다.

"어디 대공 앞에서 창피나 한번 당해봐라."

테오발트는 힐끗 안스바하 왕자를 쳐다봤다.

그는 다시 고개를 돌리고 팔을 들어 올렸다.

시커먼 그림자가 손바닥에 모여들었고, 곧장 돌덩이를 향해 날아갔다.

숙.

번쩍!

조용.

제법 너른 수련장이 약 30초가량 침묵에 휩싸였다.

테오발트가 공격한 돌덩이에 어린애 손바닥만 한 구멍이
났다.

구멍이 난 바위는 무슨 예술 작품 같았다.

돌덩이에 힘들게 손가락만 한 구멍을 뚫었던 메이런은 넋
이 나간 사람처럼 침을 주룩 흘렸다.

짝짝짝!

빌로 대공이 손뼉을 치면서 일어났다.

"멋지군!! 역시 나의 제자다!!"

로지나는 자신도 모르게 중얼거렸다.

"돈으로 직계 제자가 된 게 아니었어!!"

수많은 사람을 경악시킨 테오발트는 아무 일도 없었다는
듯 자기 자리로 돌아갔다.

당사자는 조용히 있는데 빌로 대공이 요란하게 자랑을 늘
어놓기 시작했다.

"크하하! 내 제자가 얼마나 대단한지 다들 봤는가? 저 청년
이 바로 내 제자야! 바로 내가 그의 스승이고! 핫핫핫! 테오발
트 군, 기초반을 졸업했으니 당장 그 닭장 같은 숙소에서 나

와 중앙 탑에서 편하게 생활하게! 마탑의 출입도 얼마든지 자유롭게 하게나!"

테오발트에 대한 뷜로 대공의 신뢰가 대단하다는 것을 알고 사람들은 한차례 더 놀랐다.

로지나는 문득 안스바하 왕자의 얼굴을 살폈다.

돈으로 들어왔다며 잔뜩 무시하고 핍박했던 그가 어떻게 반응할지 궁금했다.

안스바하 왕자는 얼굴을 벌겋게 붉히고 있었다.

그는 이를 악문 채 고개를 숙였다.

창피함과 견딜 수 없는 자괴감이 그녀에게 전해졌다.

내심 굴욕에 가득한 왕자의 모습을 기대했던 로지나는 그 모습을 보고 고개를 돌렸다.

어쩐지 왕자를 비난할 수가 없었다.

수업 시간이 끝난 뒤 테오발트는 자연스럽게 레논과 에스트리트 공주와 어울렸다.

로지나는 친구들과 함께 세 사람의 모습을 훔쳐보았다.

"저 녀석, 거물이었잖아."

"괜히 직계 제자가 아닌데 우리가 멍청했어. 이럴 줄 알았으면 말이라도 한 번 걸어볼걸."

"아아! 난 진짜 기회가 있었는데!"

로지나는 뒤늦게 땅을 치며 아쉬워했다.

일주일 전 아침 테오발트가 고약한 잠버릇으로 그녀를 놀라게 만든 적이 있다.

'그때 냅다 도망치지 말고 말을 붙여보는 건데.'

뷜로 대공의 신임이 크고 저만한 능력이 있으니 앞으로 출세는 따놓은 당상이었다.

소드 마스터와 공주님과도 친분이 깊어 보이지 않는가.

하지만 후회해 본들 떠나간 마차였다.

그날 해가 거의 저물었을 무렵이다.

친구들과 수다를 떨던 로지나는 괜히 좀이 쑤셔서 홀로 마탑을 거닐었다.

수련생으로 허락된 구역을 돌아다니다가 우연히 수련장에 도착했다.

혼자인 줄 알았는데 먼저 온 손님이 있었다.

"하압!"

안스바하 왕자가 기합을 내지르며 수업 시간에 배운 마법을 연습하고 있었다.

손톱만 한 덩어리가 손바닥에 뭉쳤다가 비실비실 돌멩이로 날아갔다.

그것조차 돌멩이에 닿을 때엔 공기 중으로 증발해 버렸다.

안스바하 왕자는 이를 악물며 팔을 치켜들었다.

"타하!!"

커다랗게 기합을 질렀으나 결과물은 여전히 한심했다.

"빌어먹을!!"

안스바하 왕자는 결국 욕지기를 토했다.

'하긴 왕자님도 사람이지.'

로지나는 안스바하 왕자의 심정을 이해할 수 있을 것 같았다.

그녀의 실력도 왕자의 그것처럼 아주 형편없었다.

머리가 좋은 것도 아니고 처세술이 좋은 것도 아니며 하물며 몸매도 대단치 않다.

뛰어난 재능을 타고난 이들과 자신을 비교하면 당연히 열등감이 생겼다.

그때 또 한 사람이 수련장 안으로 들어왔다.

테오발트였다.

앙숙인 안스바하 왕자가 수련장에 있는데도 그의 걸음엔 거침이 없었다.

"네, 네 이놈!!"

안스바하 왕자가 외쳤다.

하지만 예전 같은 독기는 찾아보기 힘들었다.

테오발트가 츠엔 마탑 최고의 기대주라는 사실이 알려진 뒤로 그는 제 풀에 기가 죽어버렸다.

안스바하 왕자는 평생 레논과 에스트리트에게 비교당하면서 살았다.

언제부터인가 천재라 불리는 인종을 보면 저절로 기가 죽었다.

그들은 아무리 노력해도, 죽을 만치 애를 써도 절대로 따라잡을 수 없는 존재들이었다.

주눅이 들어버린 안스바하 왕자를 보고 테오발트는 인상을 썼다.

"안스바하 전하, 당신은 왕이 될 인간입니다. 레논도, 에스트리트도 모두 당신의 신하에 불과합니다. 어째서 아랫것들의 뛰어남에 열등감을 느끼십니까? 쓸모있는 놈들을 수중에 넣었으니 크게 기뻐하심이 맞지 않습니까?"

안스바하 왕자가 몹시 당황했다.

"무, 무슨! 네놈이 뭘 안다고……."

"시답잖은 열등감으로 당신의 가치를 좀먹게 만들지 마십시오. 미래의 왕이여, 느긋하게 담배나 피우면서 당신의 백성들을 두루 굽어보는 것은 어떻습니까?"

테오발트는 품에서 담뱃대를 꺼내 던져 주었다.

얼떨결에 그걸 받은 안스바하 왕자는 어찌할 바를 몰라 했다.

로지나는 멍청히 입을 벌리고 그 광경을 바라보았다.

평민 녀석이 놀랍게도 왕자님에게 설교를 하고 있었다.

제 실력을 믿고 교만하게 날뛰는 게 아니라 놀라운 지혜로 깨달음을 주는 것이다.

넋을 놓고 있던 그녀는 문득 등 뒤에서 인기척을 느꼈다.

"아, 넌……."

테오발트가 데리고 다니던 하인 쿠르트였다.

로지나는 머리를 긁적거렸다.

"훔쳐보려고 했던 것은 아냐."

쿠르트는 담담히 고개를 끄덕였다.

로지나도 괜히 변명을 했다는 생각이 들었다.

하기야 저들이 무슨 비밀 이야기를 하고 있는 것도 아니다.

좀 훔쳐본들 어떤가.

"……."

"……."

쿠르트는 적당히 거리를 두고 주인이 일이 마치기를 기다리고 있었다.

로지나도 멀찍이서 테오발트와 왕자님의 대화를 지켜보았다.

이곳은 구경꾼들을 위한 자리였다.

"사는 세상이 다르다는 것은 이런 느낌일지도 모르겠네."

저들은 필시 이 나라를 좌지우지하는 거물이 될 것이다.

그에 반해 그녀가 평소에 생각하는 거라곤 피부 미용이라든가, 잘생긴 남자를 낚는 일 정도다.

얼마나 한심한가?

로지나가 의기소침해져서 고뇌에 빠져 있을 때 쿠르트가 입을 열었다.

"평범한 것도 나쁘지 않습니다. 아가씨가 소중히 여기는 가족이나 절친한 친구도 모두 평범한 사람들이지 않습니까?"

"응?"

"저는 그렇습니다. 눈부시게 아름답거나 깜짝 놀랄 만큼 현명한 사람도 좋아하지만 실은 평범한 사람이 가장 좋습니다. 주위 눈치만 보고 매일 실수를 해도 근본은 선량한 사람들 말입니다."

로지나는 얼굴을 붉힌 채 당황했다.

다른 말은 귀에 들어오지 않았다.

난데없이 좋아한다는 말이 귀에 콱 틀어박혀 떠나질 않았다.

인생에 대한 진지한 고찰은 당황하는 사이에 저 멀리 날아가 버렸다.

"아하하! 그래, 뭐. 우리 같은 녀석들 사는 게 다 그렇지, 뭐!"

그녀는 평정을 가장하며 하인의 등을 팡팡 두드렸다.

겉으로 크게 웃으면서 속으로는 발작을 했다.

'내가 왜 이래? 미남이라서 이러는 거야? 관둬! 쟤는 하인이라고!'

그녀는 슬쩍 곁눈질로 쿠르트를 훑어보았다.

덥수룩한 머리를 정리한다면, 최소한 수염만 깎아도 틀림없이 굉장한 미남으로 변신할 것이다.

"으, 음! 너, 이름이 뭐니?"

"쿠르트라고 합니다."

"음, 그래……."

"……."

"너, 수염을 깎아보는 건 어때?"

내면의 욕구를 불쑥 뱉어낸 뒤 그녀는 내심 당황했다.

너무 갑작스럽지는 않았을까?

하지만 잔뜩 수줍음을 타면서도 한편으로는 기대에 부풀어서 대답을 기다렸다.

"죄송합니다."

쿠르트는 단호히 거절했다.

혹시나 싶어서 꺼내본 말이지만 보기 좋게 거절당하자 로지나는 괜히 자존심이 상했다.

'쳇! 뭐야? 하인 주제에. 쳇!'

화풀이로 땅을 걷어차고 있을 때였다.

쿠르트가 피식 미소를 지으며 말했다.

"그 대신이라고 하긴 뭣합니다만, 근방에 예쁜 꽃이 피어 있는 장소를 알고 있는데 안내해 드릴까요?"

로지나는 눈을 동그랗게 뜨고 쿠르트를 쳐다보았다.

그리고 자신도 모르게 고개를 끄덕였다.

*　　　*　　　*

레논과 에스트리트는 화단 근처에 마련된 의자에서 대화를 나누고 있었다.

얼마쯤 기다리자 테오발트가 나타났다.

에스트리트가 다소 퉁명스러운 음성으로 말했다.

"이쪽이에요. 도대체 뭘 하다 이제 오는 거죠?"

"슬슬 정리를 해야 되겠다 싶어서."

"정리라고요?"

테오발트는 의자 위에 걸터앉은 뒤 사이좋게 나란히 앉아 있는 레논과 에스트리트를 번갈아 보았다.

"두 사람이 사이가 아주 좋구나."

순간 에스트리트의 눈이 반짝 빛났다.

마치 이 기회를 놓칠 수 없다는 듯 그녀는 도도하게 말했다.

"질투하세요? 그럴 수밖에 없겠군요. 우리나라는 사촌 간의 결혼을 허용하니까요. 레논 오라버니와는 마음도 잘 맞고 여러 가지 면에서 저의 부군으로 손색이 없……."

"그간 안스바하 왕자와 함께 다니는 것을 본 적이 없군. 끼리끼리 붙어 다니면서 왕자님을 따돌리고 있지는 않느냐?"

질문이 나오자마자 에스트리트는 정색을 했다.

"갑자기 무슨 소리예요? 누가 들을까 민망하군요. 제가 언제 안스바하 오라버니를 따돌렸다는 거죠?"

"정말로 따돌린 적이 없느냐? 내심 못나고 어리석다고 무시한 적도 없고?"

에스트리트는 약간 당황했다.

레논이 말했다.

"그분을 내심 탐탁지 않게 생각한 건 사실이다. 그게 어쨌다는 거지?"

"안스바하 왕자가 잘난 외사촌과 여동생 사이에 둘러싸여 열등감에 시달리고 있다. 왕위 계승자가 삐뚤어지면 나라의 근간이 흔들린다. 스톰폴트에 정착할 생각인데 초장부터 문제가 생기면 곤란해."

"맙소사! 이젠 왕실의 대소사까지 간섭할 기세로군. 사해의 마법사인 빌로 대공에게 개인적으로 용건이 있다질 않나, 갑자기 직계 제자가 되어 나타나질 않나. 그런데 마법에 관심이 있어서 그런 것 같진 않단 말이야?"

레논은 한숨을 푹 내쉰 뒤 표정을 굳혔다.

똑바로 테오발트를 바라보며 물었다.

"네 녀석, 마탑의 중심부에서 도대체 무엇을 꾸미고 있는 거냐?"

"당신이 계획하는 일이 스톰폴트에 해가 되는 일이 아니길 진심으로 바라고 있어요. 베르그이젤 백작 가문의 테오발트님."

에스트리트가 말을 이어받았다.

그녀는 한 손으로 드레스 자락을 들어 올려 약식으로 예를 갖췄다.

"본국의 안위를 위해서 부득이 당신의 뒷조사를 실시했습니다. 불쾌하게 여기지 않으시리라 믿어요. 가명을 사용하지 않고 테오발트라고 실명을 밝힌 것은 신분을 오래 숨길 생각이 없다는 뜻일 테니까요."

"눈치가 빨라서 마음에 드는군."

"그게 아니라 당신의 옛 약혼녀와 닮았기 때문에 마음에 드는 거겠죠?"

별 의미 없이 나온 말인데 에스트리트가 갑자기 날카롭게 받아쳤다.

"이야기가 나온 김에 말해보죠. 약혼녀를 잃은 것은 정말 안타까운 일이에요. 닮은 사람에게 호감을 느낄 수도 있어요. 하지만 옛 약혼녀의 추억을 되살리기 위해서 다른 여성에게 교제를 청하는 것은 정말 실례되는 행동이에요. 나를 약혼녀의 대용품 취급하는 것이나 다름없으니까요."

오늘 하루 종일 그녀의 기분이 안 좋았던 이유가 지금 드러났다.

테오발트는 조용히 웃었다.

언젠가 이 일로 추궁을 받게 될 거라고 생각했다.

실제로 그는 에스트리트에게서 레티치아의 모습을 찾고 있었다.

"지금은 공적인 이야기만 하도록 하자. 뷜로 대공의 협력도 구했고 마탑에 자리도 잡았으니 너희들에게도 사정을 설명해 주마. 결론부터 말해서 나를 경계를 할 필요는 없다. 나의 적은 스톰폴트 왕국의 적이기도 하다. 내가 스톰폴트 왕국을 선택한 것은 그 때문이다."

"베르그이젤 백작가를 멸문시킨 둠 왕국에 복수할 생각인가?"

레논은 빙빙 돌리지 않고 단도직입적으로 물었다.

"나의 적은 둠 왕국이 아니라 마링겐 왕비와 사자왕이다. 그렇다고 조국에 대한 애국심이 강한 것도 아니지만."

테오발트는 이야기를 하며 무의식중에 손으로 탁자를 두드렸다.

안스바하 왕자에게 담뱃대를 주고 온 탓에 손이 허전했다.

평소라면 말을 꺼낼 필요도 없이 쿠르트가 새로운 담뱃대를 구해왔을 것이다.

그러나 그림자처럼 뒤를 따라다니던 쿠르트가 어디로 갔는지 보이지 않았다.

이제야 그것을 깨달았다.

"어디로 가버린 거지?"

테오발트는 인상을 썼다.

쿠르트 문제는 일단 제쳐 두고, 그는 이야기를 계속했다.

"보아하니 오늘 내 비밀을 캐내기 위해 단단히 작정을 하

고 온 것 같구나. 그렇다면 이야기는 빠르다. 국왕 폐하를 알
현할 수 있게 자리를 마련해 다오."

레논은 이마를 짚었다.

"빌로 대공에 이어서 이번엔 국왕 폐하냐?"

"내가 이래 봬도 유서 깊은 백작 가문의 적장자다. 왕을 뵐
자격 정도는 되지 않느냐?"

테오발트는 말을 하다가 갑자기 움직임을 멈추었다.

저 멀리 화단 쪽에서 두 남녀가 다정하게 걸어오는 것을 발
견했다.

남자는 쿠르트이고, 여자 쪽은 로지나 하워드란 이름을 가
진 수련생이었다.

"저거 네 하인이잖아. 맙소사, 귀족 영애를 꼬셔낸 건가?
하인도 주인을 닮아서 정말로 재주가 좋군."

레논이 이야기를 하면서 힐끗 에스트리트를 보았다.

이미 감정이 상해 있던 에스트리트는 민감하게 반응했다.

"입조심하시죠. 꼬셔내다니요? 참을 수 없이 경박한 말투
로군요!"

덜컹!

그때 테오발트가 자리에서 일어났다.

그는 곧장 걸어가서 길을 가로막았다.

로지나는 영문도 모르고 몸을 움츠렸다.

쿠르트가 그녀를 감싸며 떨떠름하게 테오발트를 올려다보

왔다.

"저… 테오발트님……."

"기가 막히는군. 가만히 내버려 뒀더니 네놈이 천지 분간을 못하고 제멋대로 날뛰는구나."

테오발트는 급기야 쿠르트의 멱살을 움켜쥐었다.

로지나가 깜짝 놀라서 테오발트를 말렸다.

"이, 이러지 말아요! 왜 이러시는 거예요?"

레논과 에스트리트도 뒤늦게 뛰어왔다.

"무슨 일이야?"

"갑자기 왜 그러는 거죠?"

주위에 만류에도 아랑곳 않고 테오발트는 손에 더욱 힘을 주었다.

"하인 주제에 귀족 영애에게 손을 대고 다니는데 그 꼴을 보고 가만있으란 말이냐? 하인의 허물은 곧 주인의 허물이다! 중요한 시기에 쓸데없는 오명을 뒤집어쓸 수는 없다!"

쿠르트를 질책하는 말이었지만 로지나가 더욱 얼굴을 붉혔다.

그때 에스트리트가 매섭게 눈을 치켜뜨고 나섰다.

"시끄러워요! 그러는 당신은 얼마나 처신을 잘한다고 큰소리를 치는 거죠? 최소한 이들은 순수하게 서로를 사랑해서 연인이 된 거예요! 사람을 대용품 취급하는 당신과는 다르다고요!"

그녀는 거의 물어뜯을 것처럼 달려들어 멱살을 놓게 했다.

그리고 겁에 질린 로지나를 다독거렸다.

"저 무례한 인간이 한 말에 신경 쓰지 말아요. 신분 차가 나는 사람에게 호감을 느낀 것이 죄악은 아니잖아요?"

테오발트는 할 말을 찾고 있다가 다시 입을 열었다.

"에스트리트, 네 말도 틀리진 않지만 멋대로 행동하게 내 버려 두었다간 기강이 문란해질 수도 있고……."

"듣기 싫어요! 이제 보니 당신 정말 웃기는 사람이군요. 처 음 만나던 날 당신은 일개 평민에 불과했어요. 그때 제가 당 신을 천한 것이라고 무시하는 편이 좋았을까요?"

"……."

테오발트는 그만 말문이 막혀 버렸다.

레논이 두 사람의 언쟁을 지켜보다가 혀를 내둘렀다.

"해가 서쪽에서 뜨겠군. 테오발트가 말싸움에서 지다 니……."

"네 말마따나 말싸움에서 진 건 난생처음인 것 같구나."

생각해 보면 질 수밖에 없는 싸움이었다.

테오발트는 억지를 부리고 있었다.

쿠르트가 누구를 사귀든 그게 무슨 상관이란 말인가.

"로지나 양, 그리고 쿠르트, 제가 두 사람을 주선했다고 해 서 부담 가질 필요는 없어요. 어쩔 수 없이 헤어지는 일이 생 길 수도 있겠죠. 신분을 넘어선 사랑이 소설 속의 이야기처럼 낭만적인 것은 아닐 테니까요. 쉽지 않은 길인만큼 각자 신중히 생각해서 책임질 수 있는 선 안에서 행동하도록 하세요."

"고맙습니다, 에스트리트 공주님."

에스트리트가 세심하게 챙겨주자 로지나는 깊이 감격해서 연신 고맙다고 말했다.

테오발트는 한 발 물러서서 쿠르트를 응시했다.

눈이 마주치자 쿠르트는 눈에 띄게 굳었다.

그러나 끝내 로지나의 손을 놓지는 않았다.

"후회할 게다."

테오발트는 혀를 찼다.

누구에게 하는 말인지 알 수 없었다.

"아까는 다소 너답지 않았다. 왜 그런 일로 짜증을 낸 거냐?"

"글쎄다."

저녁나절에 있었던 일로 레논이 질문을 했지만 테오발트는 어깨를 들썩일 수밖에 없었다.

"다 왔어요."

에스트리트가 눈치를 주자 그들은 입을 다물었다.

국왕이 기다리는 알현실에 도착했다.

"다녀오마."

레논과 에스트리트를 뒤에 남겨두고 그는 안으로 들어갔다.

국왕이 상석에서 기다리고 있었다.

테오발트는 예를 취한 뒤 이 자리에 또 한 사람이 동석하길 요청했다.

"자세한 이야기를 위해서는 뷜로 대공의 협조가 꼭 필요합니다."

국왕은 망설이다가 허락했다.

잠시 뒤 뷜로 대공이 도착했다.

사해의 마법사의 위상은 정말로 대단했다.

국왕이 뷜로 대공을 불러놓고 혹시 불쾌하게 여겼을까 봐 조심스레 양해까지 구했다.

"번거롭게 하여 미안하오. 그대의 제자가 간곡히 요청해서 대공을 예까지 모셨다오."

"하하하, 조금도 개의치 마십시오. 자랑스러운 제자를 위한 일인데 천릿길도 마다 않고 달려가야지요."

뷜로는 원래 제멋대로 날뛰고 오만방자하게 굴던 인간이다.

저건 평소의 뷜로다운 대답이 아니었다.

아니나 다를까, 국왕이 의심을 표했다.

"아무리 제자라곤 해도 대공의 호의가 지나친데……."

"그건……."

"알 만하네. 자네, 고대 왕국의 보물을 대공에게 바쳤군."

"……."

테오발트는 차라리 그렇다고 대답해 버렸다.

저걸로 해명이 된다면 편하고 좋은 일이다.

국왕은 슬슬 본론으로 들어갔다.

"자네가 바란 대로 뷜로 대공을 모셨네. 먼저 정식으로 소개를 받았으면 하는데."

"저는 둠 왕국 출신 테오발트 폰 베르그이젤이라고 합니다."

"베르그이젤이라……!"

국왕은 신음성을 터뜨렸다.

반년 전 베르그이젤 백작 가문이 멸문당한 일이 있었다.

그 사건은 수많은 화제를 낳았다.

첫째, 당시 격분한 사자왕이 베르그이젤 백작령에 속한 수천의 영지민을 모조리 학살했다. 실로 끔찍한 사건이었고, 신전과 주변국에서 마족이나 할 법한 사악한 처사라 해서 지금까지도 비난의 목소리를 높이고 있었다.

둘째는 마링겐 왕비를 비난하는 이들이 많아졌다. 오래된 영웅의 가문이 몰락하고 말았다. 이 사건을 계기로 눌려 있던 불만 세력이 슬슬 머리를 디밀고 있었다. 하지만 마링겐 왕비는 어떤 추잡한 소문이 나돌건 전혀 상관하지 않았다. 그녀는 상석에 군림하여 언제나 우아하고 아름답게 웃었다.

셋째, 베르그이젤 성이 하루아침에 무너지고 거대한 숲으로 변하는 사건이 있었다. 테오발트가 부지불식간에 저지른 일이지만, 사람들은 이것이 무엇을 의미하는지 해명하기 위해 입이 닳도록 논쟁을 벌였다.

"그 사건의 주인공인 테오발트 폰 베르그이젤. 자네가 살아 있었던 말인가?"

"그렇습니다, 국왕 폐하. 먼저 말씀드리자면, 저는 마링겐 왕비를 모욕한 바 없으며 베르그이젤 백작 가문은 억울하게 누명을 뒤집어쓰고 멸문당한 것입니다."

국왕은 별로 놀라지 않았다.

이미 비슷한 소문이 많이 돌고 있었기 때문이다.

"그렇다면 진짜 소문대로 마링겐 왕비가 자네를 유혹하다가 여의치 않자 누명을……."

테오발트는 바로 고개를 저었다.

"아니란 말인가? 그럼 마링겐 왕비가 무엇 때문에 자네에게 누명을 씌운 거지?"

"국왕 폐하, 제가 누명을 쓴 것은 마링겐 왕비의 정체를 눈치 챘기 때문입니다. 그녀는 인간이 아니라 마족입니다."

"마족?"

국왕의 얼굴이 와그작 구겨졌다.

남녀 간의 추문이 난데없이 마족의 출현으로 발전했으니 황당할 수밖에 없다.

그때 뷜로 대공이 나섰다.

"국왕 폐하, 아무래도 그 이야기는 진실인 것 같습니다."

"그게 무슨 소리요, 대공? 진짜 둠 왕국의 왕비가 마족이라는 게요?"

테오발트가 말할 땐 꿈쩍도 않던 국왕이 뷜로 대공의 말에는 반응을 보였다.

사해의 마법사는 오랜 옛날 실제로 마족을 곁에서 모신 바가 있다.

적어도 그들이 마족을 언급할 때는 허황된 망상이라고 무시할 수 없었다.

"사해에 맨발을 고집하는 고위 마족이 있었습니다. 저희들은 그녀를 집시왕비라 부릅니다. 마링겐 왕비는 아마도 그 집시왕비일 것입니다. 사실 저는 얼마 전까지만 해도 저는 마링겐 왕비가 그저 비슷한 버릇을 가진 인간일 뿐이라고 생각했습니다. 마족은 금령에 묶여서 사해를 벗어날 수 없기 때문입니다. 그런데 그녀는 대륙에서 무려 10년 넘게 왕비 노릇을 하고 있죠."

"그런데 어째서 그녀가 마족이란 말이오?"

"공교롭게도 그녀가 마족이라고 주장하는 청년을 만났기 때문입니다. 테오발트 군이 설명하는 마링겐 왕비의 언행이 제가 알고 있는 집시왕비의 그것과 아주 비슷합니다. 그리고 만약 마링겐 왕비를 마족이라고 가정한다면, 정말로 그럴 수도 있습니다. 집시왕비는 마족 중에서도 특별한 존재이기 때문입니다. 그녀는 마족의 왕 불사왕에게 총애를 받고 있었습니다. 때문에 불사왕의 비호 아래 대륙에서 활개를 치고 다닐 수도 있습니다."

뷜로 대공은 적당히 진실과 거짓을 섞어서 말했다.

국왕은 당혹감을 감추지 못했다.

테오발트의 비밀을 캐기 위해 자리를 마련했으나 설마 이런 식으로 발전할 줄은 상상도 못했다.

"스톰폴트의 왕이시여, 둠 왕국의 왕비는 사악한 마족입니다. 또한 둠 왕국의 왕은 더러운 악마의 앞잡이입니다. 바로 제가 그 증인입니다."

테오발트는 천천히 분명하게 말했다.

스톰폴트의 왕은 영웅호걸은 아니었지만 바보도 아니었다.

마족이라는 말에 우왕좌왕하던 국왕은 어느새 눈빛이 달리하고 있었다.

북부의 패자라는 위치를 지키기 위하여 스톰폴트 왕국은 어떤 식으로든 둠 왕국과 반드시 일전을 치러야 했다.

그런데 만약 둠의 왕비가 마족이고 국왕이 마의 주구라고 한다면?

사악한 악마를 무찌르기 위해 전 세계가 스톰폴트 왕국의 손을 들어줄 것이다.

"그녀가 마족이란 증거는 있는가?"

"사자왕은 마치 악마에 홀린 것처럼 수백의 무고한 사람들을 학살했습니다. 그 건으로 인해 이미 각국과 신전에서 비난이 빗발쳤던 것으로 압니다. 그뿐 아니라 베르그이젤 성이 하루아침에 숲으로 변하기도 했습니다. 마족의 재림을 암시하는 징조는 어디든지 있습니다."

"그렇군. 베르그이젤 성에 이변이 생겼지. 오랫동안 영웅으로 추앙받아왔던 지그문트님의 생가(生家)에 이런 변고가 일어나다니, 실로 불길한 징조가 아닐 수 없어."

국왕이 침통한 표정으로 맞장구를 쳤다.

테오발트는 입술을 길게 당겨 웃었다.

"사실 심증만 많을 뿐, 확실한 증거는 아직 없습니다. 그러나 증거가 없다면 까짓것 만들어내면 될 일 아니겠습니까?"

"어험! 마족을 처단하기 위해서라면 무슨 일이든 해야지!"

국왕은 마족 퇴치의 중요성을 피력했다.

사실 그는 마족이 나타났다는 말에 크게 신빙성을 느끼지 못하고 있었다.

그러나 사실 확인은 중요하지 않다.

중요한 것은 양자 간의 이익이 일치한다는 것이다.

이 정황을 잘 부풀리면 둠 왕국을 억압하는 명분이 될 수도 있으리라.

"저는 억울하게 멸문당한 가문을 일으키기 위해서 지그문트님의 유지를 이어받은 후손으로서 사악한 마족의 무리를 처단하려고 합니다. 부디 스톰폴트의 국왕 폐하께서 저를 도와주셨으면 합니다."

"당연히 그렇게 해야지! 짐은 자네를 위해서 조력을 아끼지 않을 것이네!"

이로써 거래가 성립되었다.

테오발트는 흡족해하며 미리 준비해 온 서류를 내밀었다.

"마링겐 왕비를 마족으로 몰아세우기 위해서는 물밑에서부터 조금씩 여론을 조성할 필요가 있다고 생각합니다. 물론 이럴 때 활약하는 부서가 따로 있겠지만, 여기에 나열된 자들을 이용하는 것도 나쁘지 않을 것입니다. 제가 마링겐 왕비와 사자왕에게 원한을 가진 자들을 정리해 보았습니다."

"이런 것도 준비해 놓았단 말인가! 맙소사, 자네는 영웅의 후손치고 교활한 면이 있군."

국왕은 실소를 터뜨렸다.

그 반응을 보고 테오발트는 정색을 했다.

"당치 않으신 말씀입니다, 국왕 폐하. 오해가 있으신 듯한데 마링겐 왕비가 마족이라는 말은 거짓이 아닙니다. 기억하실지 모르겠으나 과거 신마전쟁이 터졌을 때 엄청난 수의 사람들이 마족과 맞서 싸우다가 목숨을 잃었습니다. 단정하건대, 스톰폴트 왕국만의 힘으로는 마링겐 왕비에게 맞설 수 없습니다. 해서 저는 개인적으로 방도를 모색 중에 있습니다.”

“방도라고?”

“예. 사해의 마법사들을 설득해서 그들의 힘을 빌리려고 합니다.”

국왕은 어처구니가 없어 할 말을 잃었다.

그건 오늘 테오발트가 꺼낸 말 중에서 가장 황당한 말이었다.

사해의 마법사들은 80년이 지난 지금에도 여전히 깊숙한 곳에 숨어서 세상에 나오지 않고 있었다.

막강한 힘을 가지고 있는 사해의 마법사.

그들을 하나 얻는 것은 소드 마스터를 하나 더 얻는 것과 비슷하다고 할 수 있다.

세계 각국에서는 이들을 한편으로 끌어들이기 위해서 실로 눈물 나는 노력을 기울였다.

그러나 설득되는 자는 아주 극소수였다.

북부의 패자 스톰폴트도 겨우 뷀로 대공 한 사람을 얻었을 뿐이다.

게다가 사해의 마법사들은 한때나마 마족을 군주로 섬기던 자들이다.

그들이 다른 것도 아니고 마족을 퇴치하는 데 힘을 빌려주려 할 것인가.

“쉽지 않겠지만 아무것도 하지 않고 있는 것보다는 나을 것입니다. 뷜로 대공께서 도와주기로 하셨으니 부디 믿고 기다려 주십시오."

"대공께서?"

그나마 국왕의 표정이 나아졌다.

그래도 사해의 마법사를 설득할 수 있을 거란 생각은 전혀 들지 않았다.

똑똑.

그때 시종장이 기척을 낸 뒤 조심스럽게 문을 열고 들어왔다.

"죄송합니다. 대공 전하께 급한 전언이 왔다고 합니다만."

시종장은 국왕의 눈치를 보았다.

전언이 있더라도 최소 알현을 마친 뒤에 전하는 것이 보통이다.

뷜로 대공에게 온 전언이기 때문에 시종장이 예가 아님을 알고도 들어온 것이다.

다행히 국왕은 크게 개의치 않았다.

"중요한 일인 모양이지. 무슨 일인지 빨리 들라 하라."

한 병사가 알현실 안으로 들어왔다.

그는 무릎을 꿇고 뷜로 대공에게 말했다.

"대공 전하, 예의 일을 알아보러 떠났던 전령이 살해당했다는 소식입니다."

"뭐야?"

빌로가 자리를 박차고 일어났다.

테오발트는 눈살을 찌푸렸다.

"아무런 대비도 없이 사해의 마법사들이 우글대는 곳에 사람을 보냈던 것입니까?"

"아니, 그래도 내가 보낸 사신인데 설마하니 죽일까 싶어서."

빌로는 식은땀을 뻘뻘 흘렸다.

"직접 찾아가는 것이 최선이겠군요."

결론이 났다.

Chapter 04
사해의 마법사

THE KING OF
IMMORTALITY

己주간의 여정 끝에 비로소 사해의 마법사가 은거하고 있
는 장소에 도착했다.

카잔 남작령.

스톰폴트 왕국 서북부에 위치한 조그마한 영지였다.

총 열네 명으로 이루어진 일행이 성문 안으로 들어섰다.

본래 테오발트는 빌로 대공을 포함해 쿠르트와 하인 몇 명
만 대동해서 이곳에 올 작정이었다.

그러나 국왕이 조력이 될 것이라며 레논과 직속 친위기사
열 명을 억지로 붙여서 보냈다.

"폐하께서 한시도 떨어지지 말고 네 곁에 붙어 있으라 하

셨다. 마법사들을 데려올 수 있을 거라 생각진 않지만 그들의
은신처를 알아낼 수 있는 좋은 기회거든."

"왕의 밀명을 마음대로 유출해도 되는 게냐?"

"이 정도는 너도 예측하고 있었을 거 아냐. 너무 나쁘게 생
각지는 마라. 비록 감시 역이지만 혹시 사해의 마법사 측과
충돌이 생겼을 땐 폐하의 말씀대로 조력이 되어줄 테니까."

"넌 몰라도 저들은 전혀 도움이 될 것 같지 않군."

테오발트는 열 명의 친위기사를 가리켰다.

"저들도 나름 손꼽히는 최정예들이야."

"상대가 평범하질 않아서 말이다."

대화를 나누며 어느 정도 걸었을 즈음이다.

카잔 남작이 가신들까지 이끌고 부리나케 일행을 맞이하
러 뛰어나왔다.

그의 안내로 영주관에 도착했다.

대접은 매우 호화로웠다.

피로를 풀 수 있도록 최고급 향유를 푼 목욕물이 무한정 제
공되었고, 저녁 식탁엔 내륙 지방에서 보기 힘든 해산물까지
등장했다.

손바닥만 한 시골 영지에 소드 마스터와 사해의 마법사가
방문했으니 호들갑을 떠는 것도 당연했다.

저녁 식사를 하면서 카잔 남작이 입을 열었다.

"카잔 남작령은 사방이 산으로 둘러싸여 있습니다. 하지만

증조부님이 계실 때만 해도 주변의 산은 그렇게 위험한 곳이 아니었습니다. 그런데 마법사전쟁이 끝날 즈음부터 갑자기 강력한 마물이 나타나기 시작하더니 어느덧 산을 완전히 뒤덮어 버렸습니다. 그런데 설마하니 그곳이 사해의 마법사들이 은신하고 있는 장소였다니…….”

“여기가 정확하군. 인간들이 얼씬하지 못하게 일부러 은신처 주위에 마물을 풀어놓았거든.”

뷜로 대공이 닭다리를 뜯으며 대꾸했다.

테오발트는 눈을 가늘게 떴다.

“그건 민폐가 아닙니까?”

“쿨럭! 꼭 그렇지도 않다네. 그 옛날에 인간과 마법사들은 철천지원수였지. 서로 얼굴을 맞대고 살다가 피를 보는 것보다는 마물을 이용해 울타리를 세우는 게 인간들을 위해서도 낫지 않은가?”

“…….”

테오발트는 고개를 끄덕였고, 뷜로 대공은 안도의 한숨을 쉬었다.

그는 카잔 남작에게 물었다.

“내가 앞서 심부름꾼을 하나 보냈는데 아는 것이 있는가?”

“예. 대충 한 달 전에 어떤 분이 찾아오셨습니다. 산속에 볼일이 있다고 하셨지요. 마물이 우글거리는 그곳에 어떻게 단신으로 들어가냐고 그렇게 말렸는데……."

"내가 나무패를 줬다. 일종의 출입증 같은 건데 그게 있으면 마물의 공격을 받지 않고 은신처로 들어갈 수 있지."

"그랬군요. 저희들이야 뭣도 모르고 아까운 목숨 하나 버렸구나 생각했지요. 그런데 2주 후 놀라운 일이 생겼습니다. 숲에서만 서식하는 마물이 성문까지 걸어와서 그분의 머리카락을 던져 놓고 사라진 것입니다."

카잔 남작은 마물의 모습을 묘사하며 당시 자신이 얼마나 놀랐는지 설명했다.

그러나 뷜로 대공은 시큰둥하게 반응했다.

"뭐야? 머리카락뿐이었단 말이냐? 그렇다면 살해당했다는 확증도 없잖아."

"하지만 마물이 머리카락을 던져 놓고 갔는데……."

"마물 하나쯤 조종하는 일이야 나도 할 수 있다."

"저, 정말입니까? 정말 굉장하십니다! 역시 뷜로 대공이시군요!!"

아부 반, 진심 반으로 이루어진 찬사를 들으며 저녁 식사를 마쳤다.

다음날 일행은 카잔 남작의 전송을 받으며 산으로 출발했다.

산기슭에 도착했을 뿐인데 벌써 마물이 등장하기 시작했다.

그 포악함이 마경에서만 서식하는 마물들과 비등할 정도였다.

그러나 이번에도 역시 테오발트가 찬트를 사용해서 쉽게 마물을 제압했다.

그에 따라 자랑스러운 왕의 친위기사들도 자연스럽게 나태한 모습을 보이기 시작했다.

테오발트는 찬트를 멈춘 뒤 노닥거리고 있는 기사들을 지그시 둘러보았다.

"집중해라."

그제야 기사들은 서둘러 전열을 갖췄다.

그러거나 말거나 테오발트는 말했다.

"지금부터 일 인당 하나씩 신청곡을 받겠다."

레논이 인상을 썼다.

"네 돌출 행동은 익숙해질 듯 익숙해지지 않는군. 그건 또 무슨 소리야?"

"찬송가만 계속 불렀더니 너무 지겹구나. 그래서 새로운 노래를 찾고 있다."

"찬트란 찬송가에 신성력을 담는 것이다. 찬송가가 아닌 다른 노래를 부르면 그건 이미 찬트가 아니잖아?"

"찬송가를 사용하는 이유는 신심(信心)을 고양시켜 보다 쉽게 성력을 발현하기 위해서이다. 그러나 찬트에 능숙해지면 찬송가뿐 아니라 대중이 일반적으로 즐기는 가요에도 성력을 담을 수 있다."

"…진짜?"

말도 안 되는 소리지만 테오발트가 하는 말이니 귀가 솔깃했다.

기사들이 장난삼아 노래를 신청했고, 테오발트를 신청곡을 부르며 다시 산을 올랐다.

옆집의 아가씨는 예뻐요.
그렇게 가슴이 클 수가 없어요.
한 번만 만져 볼 수 있다면,
한 번만 구경할 수 있다면,
옆집의 아가씨는 미워요.
방앗간 청년에게 시집가 버렸어요.

듣기 민망한 노래에서 성스러운 힘이 흘러나왔다.

그 노래를 신청한 기사조차 당황했다.

"제발! 그런 노래에 성력을 담다니, 이건 신성 모독이다!"

레논이 극렬히 저항했다.

"쯧쯔, 어린 녀석이 어찌 저리 고리타분한지."

"이건 고리타분의 영역이 아닐 텐데?"

테오발트는 레논의 저항을 무시했다.

한편 찬트에 불만이 많은 사람이 한 사람 더 있었다.

빌로 대공은 안절부절못하며 어렵게 산을 오르고 있었다.

두 눈이 항상 황금색으로 빛나고 있었는데 지금은 평범한 색이었다.

찬트의 성력 때문에 잠시 마법을 거둔 것이다.

뒤따라가던 기사가 말을 걸었다.

"원래는 갈색 눈이셨군요. 오늘 처음 본 것 같습니다."

"끄응."

"한데 무슨 문제가 있으십니까?"

"당연히 문제 있지! 벌써 삼 일이나 마법을 안 썼단 말이야! 마법을 안 쓰면 나이를 먹는데 이러다 내가 늙어 죽으면 누가 책임질 거야?"

빌로 대공은 죄없는 기사의 멱살을 마구 흔들었다.

마물이 우글거리는 살벌한 숲을 헤치고 나가면서도 일행은 활기찬 모습을 잃지 않았다.

산행 삼 일째 되던 날, 나무의 키가 작아지더니 점점 그 밀집도가 줄어들었다.

이윽고 숲을 완전히 벗어났고, 계단식으로 조성한 논과 밭이 일행의 앞에 펼쳐졌다.

구슬땀을 흘리며 일하는 농부들의 모습이 보였다.

그곳은 전형적인 산골 마을이었다.

건물이 반듯하고 도로가 잘 정비되어 있다는 것만 특이했을 뿐이다.

사해의 마법사 은신처라기에 내심 기대를 했던 일행은 조금 실망했다.

"대공 전하, 여기가 맞습니까?"

"맞네. 여긴 하나도 안 변했구먼."

빌로 대공의 확답을 받은 뒤에 마을 안으로 들어갔다.

마을 사람들은 낯선 자들의 등장에 경계심을 드러냈다.

그러나 테오발트가 선두에서 너무나 태연하게 걷고 있었기 때문에 선뜻 나서질 못했다.

결국 농부가 걸어나왔다.

"실례합니다. 오늘 경계를 통과하는 인원이 있을 거란 통보를 듣지 못했는데……."

테오발트는 농부를 쳐다보았다.

"그런데?"

"예? 아, 예. 그래서 저희 쪽에서 착오가 생긴 모양입니다."

"마법사들의 탑은 어느 쪽이지?"

"이쪽입니다."

농부는 얼떨결에 안내역이 되었다.

얼마쯤 걷자 나무에 가려져 있던 다섯 개의 탑이 모습을 드러냈다.

빌로 대공이 만든 츠엔 학파의 마탑과 형태가 매우 흡사했다.

그때 탑 쪽에서 40대 초반의 사내가 나타났다.

길게 풀어헤친 머리카락에 푸른빛이 감돌고 있었으며 움직일 때마다 스파크가 튀었다.

기이한 마법을 보고 일행은 직감적으로 그가 사해의 마법사라는 것을 깨달았다.

"오셨습니까, 조셉님."

농부가 머리를 조아렸다.

조셉은 인사를 받아주는 대신 갑옷을 걸친 기사들을 향해 인상을 썼다.

"아니, 이것들은 다 뭐야?"

안내역을 맡은 농부가 고개를 갸웃했다.

"예? 저분도 마탑의 마법사님이 아니었습니까? 마물이 우글거리는 경계선을 너무나 자연스럽게 지나오시던데……."

"경계를 통과하면 전부 마탑의 마법사냐! 기사 놈들 가슴팍의 문장이 보이지도 않느냐? 스톰폴트 왕가에서 보낸 놈들이잖아!"

그의 호통에 농부는 눈을 치켜뜨고 테오발트를 노려보았다.

"네놈이 나를 속였구나!!"

농부는 다짜고짜 오른팔을 휘둘렀다.

시퍼런 번개가 손바닥 안에서 터져 나왔다.

"테오발트!"

레논이 테오발트를 급히 옆으로 밀어내면서 검을 휘둘렀다.

오라 블레이드에 번개가 반으로 쩍 갈라져 공중분해되었다.

"아니, 웬 농부가 마법을 써!"

레논이 황당한 목소리로 소리쳤다.

농부도 크게 놀랐다.

"설마 소드 마스터?"

"레논 이글아이다!!"

마을 사람들은 금방 레논을 알아보았다.

현 시점에서 20대 초반의 소드 마스터는 레논 하나뿐이었기 때문이다.

사해의 마법사 조셉이 코웃음을 쳤다.

"소드 마스터까지 보냈다, 이거로군. 스톰폴트 놈들, 제대로 해보겠다는 거지?"

"잠시만 기다려 주십시오. 국왕 폐하께서는 저를 중재자로 파견함으로써 사해의 마법사 여러분께 최대한의 성의를 표하고 계십니다. 오해를 푸시고 먼저 이야기를 들어주십시오."

"인간의 말 따윈 관심없다! 당장 꺼져!"

조셉은 버럭 소리를 질렀다.

그것을 신호로 앞치마를 두른 아낙이 뛰어나와서 새참이 든 바구니를 무기처럼 던졌다.

"죽어라!! 레논 이글아이!!"

"윽?"

한눈을 팔던 레논은 황급히 바구니를 피했다.

아낙은 자유로워진 양손으로 시뻘건 화염을 불러냈다.

그것은 스스로 똬리를 틀며 치솟아 오르더니 어린애 몸뚱이만 한 뱀의 형상을 갖췄다.

불의 뱀이 아가리를 커다랗게 벌리고 달려드는 것을 보고 레논은 입을 떡 벌렸다.

"세상에."

아낙뿐만이 아니라 일견 순박해 보이는 마을 주민들이 순식간에 돌변해서 마법을 난사했다.

실력이 하나같이 범상치가 않았다.

특별히 선발된 왕의 기사들이 쟁기를 든 농부나 여염집 처녀를 힘들게 상대했다.

"에잉, 이 잡놈들이 감히 누구한테 덤벼! 그냥 확 죽여 버릴까 보다!"

마을 주민들이 덤벼들자 뷜로 대공은 짜증을 내면서 검은 안개를 불러냈다.

테오발트가 소리없이 뷜로 대공으로 곁으로 다가왔다.

"뭘 죽인다 하셨습니까?"

"……!!"

뷜로 대공은 그 즉시 힘을 거두고 남아 있던 것도 양팔을 파닥파닥 휘저어 저 멀리 날려 보냈다.

"하하하! 자네가 오해를 하는 모양이군! 인명은 하늘이 내린 것인데 어찌 함부로 죽일 수 있겠나!"

"저도 일찌감치 농담인 줄 눈치 채고 있었습니다. 상처 입히지 말고 적당히 제압만 해주십시오. 저희들은 싸우러 온 게 아니라 이야기를 하러 온 거니까요."

"잉? 자랑은 아닌데, 내가 뭘 부수고 없애는 건 잘해도 제압하는 건 잘 못해."

"분발하면 잘될 겁니다."

뷜로 대공은 징징거리면서 마을 사람들을 포박하기 위해 애썼다.

난전은 천천히 정리되고 있었다.

기사들과 뷜로 대공은 여전히 우왕좌왕했지만 레논이 마을 사람들을 착실히 제압해 갔다.

마법 난사가 레논에겐 전혀 통하지 않았기 때문이다.

강력한 마법이든 약한 마법이든 오라 블레이드 앞에서는 공평하게 두 동강 났다.

마을 사람들이 조금 주춤하기 시작했다.

"쓸모없는 놈들! 비켜!"

그때 사해의 마법사 조셉이 사람들을 거칠게 밀쳐 내고 앞으로 걸어나왔다.

우르릉!

화창한 하늘에 갑자기 시커먼 구름이 몰려들었다.

어둠이 깔리며 순식간에 폭우라도 쏟아질 것처럼 날씨가 흐려졌다.

"설마 이게 마법이란 말인가?"

레논이 하늘을 올려다보며 경악했다.

마법으로 불을 뿜고 바위를 부술 수는 있어도 기상 조건까지 바꾸리라곤 생각하지 못했기 때문이다.

이건 천재지변에 준하는 능력이 아닌가.

조셉의 눈이 시퍼렇게 빛났다.

그에 동조하는 것처럼 하늘을 뒤덮은 구름 사이로 번개가 튀었다.

조셉은 고개를 높이 위로 쳐들고 외쳤다.

"장난은 거기까지다! 버러지 같은 놈들!"

크와아아아앙!!

하늘이 커다랗게 울부짖었다.

천둥 번개가 시퍼렇게 불꽃을 뿜으며 레논의 머리 위에 내리꽂혔다.

자욱한 연기가 천천히 걷혔다.

레논은 바지 자락이 조금 거슬린 것 빼고는 멀쩡한 모습으로 그 자리에 서 있었다.

번개를 반쪽 내버린 오라 블레이드가 맹렬하게 이글댔다.

조셉이 탄성을 터뜨렸다.

"호오! 반응 속도가 좋군. 내 번개를 따라잡다니."

"좀 따끔하더군."

레논은 호승심에 불타오르고 있었다.

사해의 마법사는 오랫동안 강력한 힘으로 두려움과 존경을 받아왔다.

레논 역시 한 자루의 검으로 천공을 벤다고 알려진 소드 마스터였다.

한 분야의 극의에 오른 사람으로서 레논은 한 번쯤 소문의 사해의 마법사와 겨루어보고 싶었다.

그러나 사해의 마법사들은 모두 은거하여 쉽게 만날 수 있는 존재가 아니었다.

뷜로 대공이 있지만 그가 친절하게 대련을 받아주는 인물도 아니고, 그렇다고 습격을 할 수도 없는 일이었다.

"좋은 기회로군."

레논은 자신만만하게 웃으며 땅을 박차고 뛰어나갔다.

하지만 그는 모르고 있었다.

조셉의 탄성은 감탄이라기보다 조롱이었다.

카앙!

거침없던 오라 블레이드가 허공에서 가로막혔다.

레논의 검을 가로막은 투명한 막이 스파크를 튕기며 일렁거렸다.

조셉은 눈을 가늘게 뜨고 가소롭다는 듯 말했다.

"어디서 철 쪼가리를 가지고 덤벼?"

테오발트는 그쯤에서 담뱃대를 내려놓고 뷜로 대공을 불러들였다.

레논의 능력으로 사해의 마법사를 상대하는 것은 아직 무리다.

"에헴! 야, 이놈 조셉아! 내 할 말이 있어서 왔다! 어르신이 왔는데 인사는 못할 망정 어디서 싸움질이냐?"

뷜로 대공이 잔뜩 거드름을 피우며 나섰다.

그 덕에 싸움은 잠깐 중지되었다.

레논에게 주목하느라 뒤늦게 뷜로 대공을 발견한 조셉이 제자리에서 펄쩍 뛰었다.

"뷜로 모이칸! 당신이었군! 인간들이 어떻게 소리 소문 없이 여기까지 왔나 했더니!"

"그렇다. 이들은 전부 내 일행이니까 일단 안내부터 해라."

"인간이 마법사의 땅에 발을 디딘 대가는 죽음뿐이다!"

"이놈아, 내가 잘 설명한다니까."

"닥쳐라, 뷜로 모이칸!! 감히 여기로 인간을 끌어들이다니, 네놈이 간이 부은 게지!"

조셉은 삿대질을 하며 소리쳤다.

뷜로 대공은 금붕어처럼 입을 뻐끔거렸다.

손으로 눈을 비비고 자신을 가리키고 있는 손가락을 다시금 확인한 뒤 그는 정말 어이가 없어서 웃었다.

"닥치라고? 간이 부었다? 하, 조셉 네놈이 정말로 많이 컸구나."

시시덕거리던 뷜로 대공이 이를 드러냈다.

순간 조셉은 흠칫 놀라며 서둘러 마력으로 몸을 보호했다.

하지만 그의 그림자는 이미 뷜로 대공의 권속하에 들어간 뒤였다.

사람을 그림자 안으로 끌어들여 소멸시켜 버리는 것은 뷜로 대공이 자주 쓰는 수법 중 하나였다.

그림자가 제멋대로 일렁이는 것을 보며 조셉은 식은땀을 흘렸다.

"갑자기 조개처럼 입을 다물었군. 또 뭔가 지껄여 보시지?"

"애, 애당초 이곳에 인간을 끌고 온 당신이 문제입니다! 나는 정당한 행동을 한 겁니다! 당신 혼자 이곳의 모든 마법사를 상대할 수 있을 것 같습니까?"

조셉은 계속 저항했다.

그래도 말투는 싹 바뀌어 있었다.

뷜로 대공은 조소했다.

"이제 다 지껄였냐?"

조셉은 하얗게 질려 황급히 주위를 돌아보았다.

때마침 구원이 나타났다.

그는 죽다 살아난 얼굴로 외쳤다.

"여기다! 이쪽이야!"

소란을 감지한 사해의 마법사들이 하나둘씩 모습을 드러냈다.

그들은 제각기 기괴한 마법을 사용하고 있었다.

두 팔이 불타오르고 있는 자, 숨을 쉴 때마다 코와 입에서 초록색 독기가 뿜어져 나오는 자, 정체불명의 동물을 데리고 다니는 자.

사해의 마법사가 한자리에 모이자 지독한 위압감이 풍겨 나왔다.

웅웅!

그러나 놀라기는 아직 일렀다.

"이게 무슨 소리야?"

이상한 진동음에 고개를 들어 올린 자들은 믿기지 않는 광경을 목격했다.

새도 아닌 사람이 하늘 위에 서 있었다.

새도 그렇게 미동 없이 허공에 서 있을 수는 없을 것이다.

발아래를 오만하게 굽어보던 사내가 천천히 바닥으로 내려왔다.

그러나 땅에 내려와서도 여전히 20센티가량 허공에 뜬 상태였다.

그는 지금까지 손가락 하나 까딱하지 않았다.

마치 그를 대신해서 공간이 움직이는 듯했다.

"무슨 소동이냐?"

사내는 묵직한 저음으로 말했다.

그의 존재감은 사해의 마법사 전체를 압도하고도 남았다.

"악터스! 대체 애들 교육을 어떻게 시킨 거냐?"

그 누구도 감히 입을 떼지 못하고 있을 때였다.

뷜로 대공이 대뜸 삿대질을 하며 걸어나왔다.

악터스는 조용히 입술을 비틀어 웃었다.

"뷜로 모이칸, 혈색이 아주 좋아 보이는구나. 한 줌 먼지 같은 인간들 사이에서 왕처럼 거들먹대며 지낸다지?"

"악터스 네 녀석도 마법사들 위에서 왕처럼 군림하며 지내지 않았나?"

뷜로 대공도 히죽 웃었다.

그때 테오발트가 고개를 갸웃거리면서 뷜로 대공의 곁으로 다가갔다.

"그가 대공께서 가끔 언급하던 악터스입니까?"

"아, 그렇다네."

"……."

테오발트는 다시 한 번 악터스를 살펴보았다.

티끌 하나 묻어 있지 않은 회색의 로브, 굳게 다물린 입술.

농담 따윈 허투루도 먹힐 것 같지 않은 인상이었다.

"그런데 무슨 근거로 저자가 불사왕이라고 사칭, 장난을 쳤을 거라 생각하신 겁니까?"

"내 직감이었다네!"

"대공은 인생을 참 즐겁게 사시는군요."

테오발트는 실소를 지으며 버릇처럼 품에서 담뱃대를 꺼냈다.

건방지게 담배나 뻐끔대는 행태가 곱게 보일 리 없다.

"저거 뭐 하는 놈이야?"

사해의 마법사들이 눈살을 찌푸렸다.

테오발트는 잠시 담뱃대를 내려놓고 이름을 밝혔다.

"이거 실례했습니다. 저는 테오발트 폰 베르그이젤이라고 합니다."

"베르그이젤? '앙브라스 사건'에서 이름을 날렸던 인간의 후손이군."

"지그문트라는 놈이었지?"

여기저기서 즉시 반응이 나왔다.

마족 앙브라스를 퇴치한 지그문트는 사해의 마법사들 사이에서도 유명한 존재였다.

다만 그들은 '신마전쟁'이 아니라 '앙브라스 사건'이라고 부르고 있었다.

테오발트는 스스로 지그문트의 후손이라고 밝힌 뒤 본론을 꺼냈다.

"저희들이 이곳을 찾아온 것은 다름이 아니라 여러분의 협조를 구하기 위해서입니다. 마족이 다시금 세상을 위협하고 있습니다. 사해의 마법사 여러분, 사악한 마족을 처단하고 세계의 평화를 지키기 위해서 도움을 주십시오."

실로 명연설이었다.

비록 삐딱한 자세로 담배를 피우고 있었지만 내용만큼은 대영웅의 후손, 그 자체였다.

사해의 마법사들이 이에 감동해서 한마디씩 했다.

"지랄하네."

"마족을 어떻게 하겠다고?"

"내버려 둬. 원래 무식하면 용감하잖아."

"세계 평화라고? 큭큭큭."

사해의 마법사들은 배를 잡고 킬킬댔다.

그러나 몇몇은 그렇지 않은 자도 있었다.

그들은 동료 사이에 몸을 숨긴 채 테오발트를 자세히 관찰했다.

악터스도 웃지 않는 이들 중 하나였다.

"좋다, 어디 이야기나 한번 들어보자."

"악터스님?"

마법사들은 크게 놀랐다.

악터스는 독단으로 반발을 억누른 다음 테오발트에게 따라오라고 말했다.

그러나 남은 일행까지 줄줄 따라오자 길을 가로막았다.

"이야기를 듣는 데 많은 인원은 필요없다. 나머지는 모두 떠나라. 이곳은 비천한 인간들에게 허락된 장소가 아니다."

사람들을 내려다보는 눈길엔 경멸과 멸시가 가득했다.

"그렇게 말하고 있는 그쪽도 인간 아닌가?"

레논이 성큼 걸어나와 도전적인 목소리로 말했다.

악터스는 공중에 뜬 채 몸 전체를 천천히 움직여 그를 굽어 보았다.

지독히 오만한 음성으로 그가 선언했다.

"나는 인간이 아니다. 나는 마법사다."

사람이 검을 배우면 검사가 되고, 마법을 배우면 마법사가 된다.

그러나 악터스가 언급하는 마법사란 그런 의미가 아닌 것 같았다.

레논으로서는 이해를 할 수 없었다.

대체 저자가 말하는 마법사란 무엇이란 말인가.

"생에 미련이 남아 있다면 썩 이곳에서 꺼지는 것이 좋으리라."

악터스가 마지막으로 경고했다.

테오발트는 기사들의 동요를 막으며 다시 나섰다.

"악터스님, 저는 모든 마법사분들이 저의 제안에 응할 것이라고 확신하고 있습니다. 그렇다면 저희들은 모두 동료입니다. 어차피 다 함께 수도에 올라가게 될 텐데, 이들을 쫓아내는 것은 시간 낭비라고 봅니다."

"……."

악티스는 한참 그를 응시한 뒤 입을 열었다.

"네가 하찮은 정의감에 취해 날뛰는 것인지, 진짜 믿는 바가 있는 것인지 궁금해지는군. 좋다, 저 인간들의 운명은 네가 지껄이는 말을 전부 들은 이후에 결정하도록 하겠다."

악티스가 턱짓을 하자 마을 사람들이 알아서 기사들에게 머물 곳을 내주었다.

"레논, 뒷일을 부탁한다."

"혼자서 괜찮겠어?"

"물론."

테오발트는 빌로 대공과 함께 탑으로 향했다.

긴급한 호출로 사해의 마법사 중에서도 고위급 인사들이 하나둘씩 회의실에 모였다.

마지막으로 마법사들의 주목을 받으며 테오발트가 회의실에 들어왔다.

쿠르트도 뒤따라왔지만 하인에게 관심을 갖는 이는 당연히 없었다.

마법사들이 테오발트의 정체에 의문을 표하고 있을 때였다.

항상 공중에 떠 있던 악티스가 두 발로 땅을 디뎠다.

그는 무릎을 꿇고 두 손을 공손히 모아 땅을 짚으며 테오발트를 향해 깊이 머리를 조아렸다.

"왕을 배알하옵니다. 신분을 숨기고 싶어하시는 것 같아 바깥에서는 무례를 범했습니다. 용서해 주십시오."

인간들 앞에서 오만불손하게 굴던 사내의 태도라고는 믿을 수 없을 정도다.

테오발트는 딱히 놀라지 않았다.

사해의 마법사들은 쉽게 그의 정체를 알아채곤 했다.

악터스가 무릎을 꿇자 다른 마법사들도 황급히 무릎을 꿇기 시작했다.

방금 전만 해도 거들먹대던 그들이 전부 개처럼 납작 바닥에 엎드렸다.

마법사들이 크게 감격하여 물었다.

"저, 정말로 왕, 불사왕이십니까?"

"그런 것 같더군."

"왕이시여! 드디어 저희들이 사해로 돌아갈 때가 되었습니까?"

"그런 건 내 알 바 아니고."

무성의한 대꾸에 마법사들의 얼굴이 찌그러졌다.

그러나 저 말투야말로 불사왕의 특징이기도 했다.

"으음, 아주 돼먹지 않은 마족이 하나 있다. 나는 집시왕비를 처단하기 위해 너희들의 조력을 얻으러 왔다."

"왕의 심기를 어지럽혔다면 그 계집은 능지처참을 당해 마땅합니다. 다만 집시왕비를 벌하는 일에 어째서 미천한 마법사들의 조력 따위가 필요하단 말씀이십니까?"

악터스가 물었다.

테오발트는 쉽게 답을 알려주었다.

"내가 기억과 힘을 잃어버렸기 때문이다."

"……."

악터스조차 잠시 할 말을 잃었다.

"무슨 뜻인지 이해를 하지 못하겠습니다."

"문자 그대로의 뜻이다."

"왕께서 무력한 존재로 전락했다니, 생각할 수도 없는 일입니다. 그런 일은 결단코 불가능합니다."

"내가 힘을 잃었는데 네가 이러쿵저러쿵해 봤자 소용없는 일 아닌가?"

테오발트는 담배를 꼬나물고 되물었다.

마법사들은 갈피를 잡지 못하고 술렁거렸다.

잠시 뒤 마법사 하나가 일어나서 말했다.

"불사왕은 힘이 있기 때문에 불사왕인 것입니다. 만약 정말로 불사왕이 힘을 잃어버렸다면 그는 더 이상 왕이라 할 수가 없습니다."

"그전에 저자가 진정 불사왕이 맞긴 한 겁니까? 지금 힘을 잃어버렸다는 헛소릴 믿어야 합니까?"

아예 정체를 의심하는 자도 나타났다.

테오발트도 이 정도 반발은 충분히 예상했다.

모든 마법사를 뷀로 대공처럼 쉽게 포섭할 수는 없으리라.

그는 조용히 힘을 끌어올렸다.

마력이 맥동할 때마다 눈동자 색이 붉은빛으로 변했다.

"저희들은 왕을 따를 것입니다."

그때 악터스가 불쑥 대답했다.

테오발트는 고개를 갸우뚱했다.

그는 뒤쪽에 무릎을 꿇고 있는 마법사들을 가리켰다.

"다른 녀석들의 의향도 물어야 하는 거 아닌가?"

"이 자리에서 선택의 기회를 누릴 수 있는 것은 저뿐입니다. 제가 왕을 따르겠다고 결정했다면 다른 마법사도 응당 왕께 복종해야만 합니다."

자리에 서 있던 마법사들이 침을 꿀꺽 삼키더니 슬그머니 다시 꿇었다.

불만이 있어도 악터스를 거역할 수 없기 때문이다.

테오발트는 물었다.

"교활하고 강력한 마법사야, 네가 복종을 맹세하는 이유는 무엇이냐?"

"첫째, 90년 전 사해의 모든 마법사들이 갑자기 대륙으로 추방되었습니다. 그 결과 대륙인과 마법사 간에 전쟁이 터졌고, 엄청난 인명 피해가 발생했습니다. 왕께서 이런 일을 묵

과하실 리가 없습니다. 따라서 저는 왕의 신변에 변화가 있을
지도 모른다고 생각했습니다. 힘을 잃어버렸을 거라는 생각
까진 못했지만, 저의 추측이 얼추 맞아들어 간 셈입니다. 둘
째, 왕께서는 반드시 힘을 되찾으셔야만 합니다. 마법사는 불
사왕께서 최소한의 생존을 보장해야만 비로소 존재할 수 있
습니다. 살인을 제한하는 금령이 없다면 마족은 하루에도 수
백 명의 마법사를 재미 삼아 살해할 것입니다. 마족은 부하라
고 해서 손속에 여유를 두는 종족이 아닙니다."

논리 정연한 이야기를 듣고 마법사들이 오히려 크게 납득
해서 고개를 주억거렸다.

그러나 정작 테오발트는 딴생각을 하고 있었다.

뜻하지 않게 새로운 정보를 얻었기 때문이다.

악터스의 추측이 옳다고 가정한다면 그가 집시왕비에게
육신을 빼앗긴 것은 90년 전이다.

그가 육신을 잃고 종적을 감춘 뒤 사해의 지배 체계가 약해
졌고, 마법사들이 추방되는 사건이 벌어진 것이다.

그렇다면 90년간의 공백은 무엇을 뜻하는가?

새로운 육신을 얻을 때까지 그 정도의 세월이 필요했다는
뜻일까.

당장은 결론을 내릴 수가 없었다.

그는 화제를 바꾸었다.

"꽤나 후미진 곳에 살고 있구나. 평화롭게 전원생활을 즐

기는 것은 네놈들의 성미와 맞지 않았을 거라고 생각하는데, 은거를 택한 데 따로 이유가 있느냐?"

"대륙을 침공하는 것은 이유를 불문하고 금기로 붙여진 행위입니다. 저는 왕의 뜻을 헤아려 일단 인적이 없는 장소에서 몸을 숨기기로 결정했습니다. 비록 은거를 택했으나 저희들의 힘으로만 살아가는 것은 불가능했습니다. 경작지를 만들고 외부와 거래를 하는 등 다양한 이유로 인해 일손이 필요해졌습니다. 여러 날의 숙고 끝에 일부 인간을 수족으로 삼고 노동을 시키는 대가로 마법을 가르쳐 주기로 결정했습니다. 탑 주위의 마을은 인간들을 수족으로 삼는 과정에서 형성된 것입니다."

"흐음, 노력했군."

악터스는 깊이 고개를 숙였다.

"과찬이십니다. 저는 그저 왕께서 복권하셨을 때 약간의 가르침을 얻는 것으로 만족합니다."

"……"

테오발트는 뻐딱하게 턱을 괴고 악터스를 응시했다.

"네놈이 지금 내게 보상을 요구하는 것이냐?"

"제가 마음만 먹었다면 인간과 요정 등을 몰아내고 대륙의 반절 정도는 차지할 수 있었을 것이라 생각합니다. 그러나 저는 호전적인 마법사들을 억누르고 전쟁의 불씨를 잠재웠습니다. 저는 수족으로 삼은 인간들을 일방적으로 착취하고 노예로 부릴 수도 있었습니다. 그러나 함부로 인간들을 다루지 않고 일정한 혜택을 보장했습니다. 영문도 모르고 사해에서 쫓겨난 이래 정확히 93년이 흘렀습니다. 거의 반평생에 가까운 세월 동안 저는 밥버러지 같은 인간들의 평화와 행복을 지켜주기 위해 최선을 다했습니다."

악터스는 허리를 꼿꼿이 세우고 이유를 설명했다.

그 태도는 거의 도발에 가까웠다.

아무렇지도 않게 무릎을 꿇고 머리를 숙이기에 비굴한 놈인가 했더니 이제 보니 아주 뻣뻣한 성정을 가진 인간이었다.

쿵!

"무엄한 놈!"

테오발트는 의자를 내려치며 일어났다.

"그러나 네놈의 요구는 정당하다. 내가 언젠가 복권하게 된다면 가장 먼저 악터스 네게 상을 내릴 것이다."

"감사합니다, 폐하."

악터스는 깊이 머리를 조아렸다.

"악터스, 얼마간 시간을 줄 테니 주변을 정리해라."

"즉시 시행하겠습니다."

테오발트는 나머지 사소한 것들은 뷜로 대공에게 맡겼다.

회의실을 나가기 전에 뷜로 대공이 신이 나서 외치는 소리를 들었다.

"네 이놈들, 이 사실을 아느냐? 왕께서는 현재 나의 직계 제자 신분으로 위장하고 계신다! 내가 불사왕 폐하를 가르치고 있단 말이다! 우하하!"

"……."

테오발트는 그냥 문을 닫았다.

탑을 내려오자 마을 청년이 제법 번듯한 이층집으로 안내했다.

촌장 집을 비워서 기사들을 위해 숙소로 제공한 것이다.

레논이 집 앞에서 기다리고 있다가 테오발트를 맞이했다.

"다행히 무사했군. 일은 어떻게 됐고?"

"마법사들을 설득하는 데 성공했다."

레논은 크게 놀랐다.

사실 그도 사해의 마법사를 스톰폴트로 데려가는 건 거의 불가능하다고 여겼다.

악터스와 다른 마법사들을 실제로 만난 뒤엔 그 생각이 더욱 강해졌다.

"정말로 마법사들을 설득했단 말이야? 몇 명이나?"

"전부 다."

"……."

놀란 표정은 이내 와그작 일그러졌다.

"지금 나랑 농담 따먹기 하자는 건 아니겠지?"

"설마. 나도 어느 정도 장애가 있으리라 생각했는데 뜻밖에 말이 잘 통하는 자가 있더구나. 악터스가 도움을 주겠다고 나섰고, 그에 따라 휘하의 마법사들도 조력을 약속했다."

"악터스 그자가? 무슨 꿍꿍이가 있는 거 아냐?"

"있더라도 지금은 감수하는 수밖에."

"무슨 소리냐! 이건 그렇게 간단히 넘어갈 수 있는 문제가 아니다!"

인원수가 이쯤 되면 단순히 강력한 마법사를 얻었다고 기뻐할 수가 없다.

사해의 마법사는 80년 동안이나 인간과 어울리기를 거부했다.

그런데 갑자기 은거를 깨고 단체로 행동을 개시하기로 결정한 것이다.

그 의도가 의심스러울 수밖에 없었다.

강력한 힘을 가진 사해의 마법사가 딴생각을 품는다면 스톰폴트는 큰 위험에 빠질 것이다.

"이 정도에 정색할 필요없다. 마족을 퇴치하자면 이 숫자로도 한참 부족해."

"사해의 마법사가 마족을 무찌르고 세상의 평화를 지키기 위해 은거를 깬다는 건 누가 들어도 말이 안 돼! 스톰폴트는 이렇게 많은 마법사를 받아들일 수 없다!!"

순간 테오발트는 픽 웃음을 터뜨렸다.

그는 오만하게 레논을 굽어보았다.

"애송아, 네겐 그걸 결정할 권한이 없다."

레논은 퍼뜩 고개를 들어 주위를 둘러보았다.

사해의 마법사들이 조소를 머금은 채 그를 응시하고 있었다.

당장 눈에 보이는 자만 다섯이 넘었다.

그는 소드 마스터지만 상대도 강력한 사해의 마법사였다.

하나둘 정도라면 모를까 저 수많은 마법사를 혼자 막을 수는 없었다.

레논은 어금니를 깨물었다.

"테오발트……!!"

"안타깝군. 네게 있어 내 신용이 이것밖에 안 된다는 사실이."

"그럼 이런 상황에서도 너를 믿고 있으라는 거냐?"

"싫음 말고."

테오발트는 근처의 마법사 중 하나를 붙잡아서 뷜로 대공이 앞서 보냈던 전령이 어떻게 되었는지 캐물었다.

다행히 그가 죽지 않고 창고에 갇혀 있다는 대답을 들을 수 있었다.

테오발트는 마법사를 앞세워 전령을 찾으러 나섰다.

얼마 걷다가 그는 낯익은 기척을 느꼈다.

"내가 어째서 널 이렇게까지 신용하는지 모르겠군. 이건 감정적으로 해결해서 될 일이 아냐."

레논이 걸어오며 이마를 짚었다.

테오발트는 조용히 웃었다.

그리고 한마디를 보탰다.

"마링겐 왕비가 마족이란 말은 거짓이 아니다, 레논."

그들은 창고 앞에 도착했다.

문을 열자 더벅머리가 된 전령이 멍한 얼굴로 주저앉아 있었다.

머리카락은 협박용으로 쓰느라 잘린 것 같았다.

사해의 마법사는 잠시 해명했다.

"여기까지 온 이상 돌려보낼 수는 없고, 일단 가둬놓고 마법을 가르쳐 주겠다고 유혹해서 마을의 일원으로 만들 생각이었다. 항상 그런 식으로 조치해 왔지."

전령은 사실상 회유가 끝난 상태였다.

그는 사해의 마법사를 보자마자 벌떡 일어나서 그의 바지자락을 붙잡았다.

"제, 제발 제게도 그 비밀을 가르쳐 주십시오! 어떻게 하면 이곳 사람들처럼 강력한 마법을 사용할 수 있습니까? 저도 저렇게 강해질 수 있는 겁니까?"

"그건 나도 궁금하군."

테오발트가 한마디 덧붙였다.

사해의 마법사는 힐끗 테오발트의 눈치를 살폈다.

그는 다시 고개를 돌려 전령을 보고 설명했다.

"바깥에서야 특정 마탑에 들어가서 그 마법만 배워야 하지만, 이곳에선 다양한 마법을 접해볼 수 있다. 그중에서 자기 적성에 맞는 마법을 선택하면 저 정도 위력을 발휘하는 것은 어렵지 않다. 원래 무슨 일이든지 적성에 맞아야 능률이 오르지 않느냐?"

생각보다 해답이 간단했다.

전령은 얼떨떨한 얼굴로 다시 물었다.

"그, 그럼 사해의 마법사 여러분도 적성에 맞는 마법을 사용하기 때문에 그렇게 강력한 힘을 구사하고 계신 것입니까?"

"하아?"

사해의 마법사는 얼굴을 잔뜩 구겼다.

그리고 이내 조소를 흘렸다.

"마법은 본디 마족의 힘이다. 사실은 말이다, 마법이 인간의 적성에 맞을 리가 없어. 강력한 마법이 수없이 많지만 인간은 절대로 그것을 손에 넣을 수 없다. 그래도 강해지고 싶다면 어떻게 하면 좋으냐?"

"어, 어떻게……."

"방법은 하나뿐이다. 없는 적성을 만들어낼 수밖에. 마법사는 마족에게 충성을 바친 뒤 마법을 사용하는 데 적합한 형태로 신체를 개조당한다. 죽기 직전까지 피를 뽑아내고 마물의 피를 주입하거나, 척추뼈를 부러뜨려 그 사이에 이물질을 쑤셔 넣기도 하지."

다소 끔찍한 이야기에 전령은 주춤했다.

마법사는 광기 어린 얼굴로 킥킥거리며 팔을 내밀었다.

힘을 주자 굵은 근육이 기이하게 꿈틀거렸다.

"우리들은 인간이 아니다."

사해의 마법사는 마지막으로 한마디를 남기고 자리를 떠났다.

레논이 당혹스런 표정으로 말했다.

"인체 개조라고? 인간이 아니라 마법사라는 말이 그런 뜻이었나?"

"피나 뼈 골격을 다른 것으로 교체했다고 해서 인간이 아니라고 말할 수는 없지. 그 발언은 강력한 힘을 손에 쥔 마법사로서 자부심을 표하는 것이다."

그깟 것이 무슨 자부심이 되는지 이해할 수는 없지만.

*　　*　　*

그날 하루 종일 언덕 너머의 탑과 마을 여기저기에서 불길이 올랐다.

테오발트가 특별히 지시하지 않아도 마법사들은 알아서 사해와 관련된 모든 흔적을 없앴다.

수상한 약초들이 자라고 있는 밭에 불을 놓고 모든 서류를 모조리 소각했다.

엄청난 양의 작업이었으나 모든 것은 단 하루 만에 완벽하게 완료되었다.

다음날 일찍 악터스가 사해의 마법사들을 이끌고 탑에서 내려왔다.

말단까지 모든 인원을 한자리에 모았더니 생각보다도 숫자가 굉장히 많았다.

테오발트는 수를 세어보다가 물었다.

"악터스님, 마법사의 수는 전부 몇이나 됩니까?"

"북서부의 모든 마법사를 내 관리하에 두고 있다. 이곳에 총 113명, 다른 은신처 세 곳에 290명이 더 있다."

북서부의 마법사들은 모두 악터스의 명령에 절대 복종했다.

악터스가 협력을 하겠다고 말했으니, 결과적으로 총 403명의 사해의 마법사가 조력을 약속한 셈이다.

"흠, 한 번 만에 성과가 아주 좋군."

테오발트는 매우 흡족하게 여겼다.

마법사들이 조직적으로 생활하고 있는 탓에 앞으로도 일이 수월할 것 같았다.

그러나 레논은 얼굴색이 창백해졌다.

사해의 마법사를 딱 한 명 초빙하는 데 성공해도 국가의 위상이 달라진다.

그런데 사백 명이라고?

"막으려고 발버둥 쳐봤자 이미 늦었다. 포기하면 편해."

"장난 걸지 마. 난 정말로 심각하니까."

테오발트가 말을 건넸고, 레논은 미간을 찡그렸다.

사해의 마법사까지 포함해 100명이 넘는 대일행이 움직이기 시작했다.

그때 숨을 죽이고 있던 마을 청년이 길을 가로막고 악터스의 발치에 무릎을 꿇었다.

"악터스님!"

"감히!!"

악터스를 대신해 측근 마법사가 언성을 높였다.

청년은 몸을 움츠렸으나 용기를 짜내서 말했다.

"시, 실례인 줄은 알지만 그래도 감히 묻겠습니다. 설마 해서 묻는 것인데 이곳을 완전히 떠나시는 것입니까?"

악터스가 측근을 뒤로 물린 다음 앞으로 나왔다.

그는 청년이 아니라 마을 전체를 둘러보며 선언했다.

"들어라. 오늘부로 계약을 종료한다. 너희들은 더 이상 마탑에 곡식과 물건을 바칠 필요가 없다. 이곳을 떠나서 제각기 살길을 찾도록 하라."

"예, 예? 이렇게 갑자기…… 저희들이 어디로 간단 말입니까."

"어디로든 가면 될 터."

"그, 그럴 수가!"

원래 이곳 마을 주민들은 보잘것없는 삶을 살던 하층민이었다.

그들은 어느 날 낯선 곳으로 끌려와서 마법사들을 위해 노동을 해야만 했다.

마법사들은 겁에 질린 사람들에게 노동의 대가로 마법을 가르쳐 주겠노라 하였다.

멋모르고 배운 마법은 거짓말처럼 강력한 위력을 발휘했다.

하늘같이 여겼던 귀족과 기사들이 그들의 마법을 보고 두려움에 벌벌 떠는 게 아닌가.

강제로 끌려온 것에 대한 불만은 어느새 사라지고 없었다.

그들은 마법사가 될 수 있었던 것을 신의 축복이라고 여겼다.

더 나아가 마법을 모르는 사람들을 하찮게 보고 멸시하기 시작했다.

마치 사해의 마법사들이 그러하듯이.

"이, 이제 와서 마법을 포기하고 인간들 사이로 돌아가라는 말씀입니까? 절대로 납득할 수 없습니다!"

"납득 못하면?"

악터스가 짧게 되묻자 청년은 꿀 먹은 벙어리가 되었다.

그는 어찌할 바를 몰라 하다 문득 입을 열었다.

"악터스님, 여행길에 허드렛일을 할 종자가 필요하지 않으십니까? 무엇이든 할 테니 저를 데려가 주십시오!"

그때 또 다른 마을 청년이 얼른 뛰어나와 악터스의 앞에 무릎을 꿇었다.

"저, 저를 종자로 쓰십시오! 저는 눈치가 빠르고 손재주가 좋습니다!"

"저도 데려가 주세요!"

뒤늦게 상황을 인식한 마을 사람들이 혹시 늦을세라 뛰어나오기 시작했다.

테오발트가 그중 한 명의 목덜미를 잡아챘다.

"떼쓰는 건 거기까지. 여러분은 모두 수준급의 마법사이니 어디를 가든 대접받으실 수 있을 것입니다. 이참에 새로운 길을 찾으시는 것이 어떻겠습니까?"

마족이나 마법사란 족속과 관계되어 좋은 꼴을 볼 리 없다.

사실 마을 사람들은 이미 마도에 한 걸음 내디딘 상태였다.

마법에 취해서 동족을 멸시하는 모습이 어디 정상적인 모습이라 할 수 있는가.

"닥쳐! 인간 주제에! 네놈이 뭘 안다고!!"

그러나 마을 주민들은 테오발트의 말을 들을 생각이 없었다.

멍청한 인간들과 어울려 산다는 건 상상도 할 수 없었다.

원숭이들의 제왕이 되어서 무엇 하랴.

그들은 종자로 부려지더라도 사해의 마법사 아래에서 더

욱 강력한 마법을 배우길 원했다.

　마을 사람들이 자신도 데리고 가달라고 애원하며 악터스의 주위로 몰려왔다.

　악터스는 오물이라도 묻을 것처럼 로브 자락을 걷었다.

　"물러나라."

　우웅!

　갑자기 악터스를 중심으로 공간이 일렁거렸다.

　호수에 돌을 던졌을 때 파문이 이는 것과 비슷한 광경이 허공 위에 펼쳐졌다.

　기사들은 신기한 얼굴로 그 광경을 쳐다보았다.

　그러나 마을 사람들은 비명을 지르며 사방으로 흩어졌다.

　악터스의 바로 코앞에 무릎을 꿇었던 청년은 도망도 못 치고 바닥에 주저앉아서 실금까지 했다.

　악터스가 공간을 주무르는 광경을 본 적이 있기 때문이다.

　뷜로 대공이 낄낄거리며 실금을 한 어느 청년의 머리를 슥슥 문질렀다.

　"이놈아, 이 정도에 겁을 집어먹어서 어디다 쓰려고. 진짜 마법사가 되기 위해서는 마족을 주인으로 섬겨야 한다. 마족을 모시는 것이 얼마나 불합리한 일인 줄 아느냐? 그들에게 논리나 이성은 통하지 않는다. 네놈은 못생긴 짱구 머리를 가졌다는 이유만으로 두 다리가 짓이겨질 것이야."

　그것은 조롱이었으나 듣기에 따라서는 충고가 될 수도 있었다.

테오발트는 그들이 충고를 알아듣고 평범한 생활로 돌아가길 바랐다.

하지만 힘을 갈구하는 자가 분명히 있을 것이다.

그래서 고대로부터 줄곧 마법사란 족속이 명맥을 유지했던 것이리라.

*　　　　*　　　　*

산을 내려갈 때는 찬트를 사용할 필요가 없었다.

마법이 걸린 나무패를 꺼내자 마물들은 마치 보이지 않는 벽에 가로막힌 것처럼 가까이 다가오지 못하고 그저 으르렁거리기만 했다.

게다가 마법사들이 지름길을 알고 있는 덕에 삼 일에 걸쳐 올라온 숲길을 꼬박 하루 만에 빠져나올 수 있었다.

해가 완전히 저물었는지라 일행은 하룻밤만 묵어갈 생각으로 카잔 남작령에 들렀다.

영지민들은 사해의 마법사를 보고 기겁을 해서 집 안으로 도망쳤다.

카잔 남작조차 새파랗게 질려서 말도 제대로 하질 못했다.

뷜로 대공이 마법을 쓰는 걸 보았을 땐 두 눈에 존경이 가득했는데, 그런 자들이 백 명쯤 모여 있자 존경이 공포로 바

꿰었다.

"왕도에 입성할 때는 잠깐이라도 마법을 거둬야겠군."

자칫하면 악마가 나타났다고 소요가 일어날 가능성도 있었다.

테오발트는 다음날 일찍 일행을 깨웠다.

카잔 남작이 심장 발작을 일으켜 넘어가기 전에 떠나기 위해서였다.

그때 카잔 남작이 새파랗게 질려서 방 안으로 뛰어들어 왔다.

"크, 큰일 났습니다!!"

"무슨 일입니까?"

테오발트는 허둥대는 카잔 남작을 앞세워 성벽 위로 올라갔다.

평화로운 새벽녘의 논밭을 마물들이 새까맣게 뒤덮고 있었다.

지금도 산기슭에서부터 엄청난 수의 마물들이 꾸역꾸역 밀려 나오는 중이었다.

그 수는 언뜻 봐도 천 마리가 족히 넘을 것 같았다.

얼마 안 있어 사람 냄새를 맡고 일제히 성을 공격할 것이 분명했다.

뷜로 대공이 머리를 긁적거렸다.

"에구, 은신처를 없애는 바람에 경계선이 무너졌구먼."

"대공, 뭔가 알고 계십니까? 이, 이게 어떻게 된 일입니까?"

"저 마물들은 원래 저기서 살던 놈들이 아니라 여기저기서 인위적으로 끌어 모은 놈들이거든. 그래서 경계가 무너지자 제멋대로 튀어나오기 시작한 거지."

"그럴 수가!!"

카잔 남작은 가슴을 부여 쥐며 결국 뒤로 넘어가고 말았다.

레논도 황급히 달려와 성 밖을 둘러보았다.

"맙소사! 마른하늘의 날벼락이로군."

"레논 경, 제발 도와주십시오!"

비록 마물로 득시글대는 산으로 둘러싸여 있었지만 카잔 남작령 자체는 평화로웠다.

마물들이 절대로 산을 벗어나지 않았기 때문이다.

단 한 번도 실전 경험을 거치지 못했던 경비대장이 새파랗게 질려서 통사정을 했다.

일부러 사정하지 않아도 레논은 이미 상황을 파악하는 중이었다.

카잔 남작령의 병사들은 오십 명 정도. 그것마저 오합지졸이나 다름없었다.

"마물의 수가 너무 많아서 이곳의 병력만으로는 저놈들을 상대할 수 없겠군. 테오발트, 주민들이 대피하는 동안 찬트로 마물이 접근하는 것을 막아줄 수 있겠나?"

"하자면 못할 것도 없다만, 우리는 일단 뒤로 물러서 있자
꾸나. 마법사 놈들이 일을 저질렀으니 알아서 해결책을 내놓
겠지."

테오발트는 느긋하게 대꾸했다.

웅웅.

때맞춰 악터스가 나타났다.

그는 성을 포위하고 있는 마물을 주욱 한 바퀴 둘러본 뒤
입을 열었다.

"바로 제거 작업에 들어가겠다."

"예? 저 많은 놈들을 말입니까?"

경비대장이 눈을 휘둥그레 뜨고 물었다.

악터스는 대꾸하지 않고 마법사들을 불러들였다.

"윙카스터는 좌, 카리나는 우."

윙카스터가 30명의 마법사를 이끌고 좌로 이동했고, 카리
나란 여마법사가 30명을 이끌고 우로 이동했다.

남은 마법사들은 중앙에 대열을 맞춰 섰다.

악터스가 길게 명령할 필요가 없었다.

그들의 움직임은 놀라울 정도로 일사불란했다.

"나는 빠지련다. 이건 내 탓이 아니잖아?"

마법사들이 빠르게 움직이는 동안 빌로 대공만은 하품을
길게 하며 계단 위에 쭈그리고 앉았다.

급기야는 꼬박꼬박 졸기 시작했다.

악터스는 못마땅한 표정으로 그를 노려보았으나 이내 고개를 돌렸다.

우우웅—!!

항상 들리던 진동음이 갑자기 증폭되기 시작했다.

소리가 커질 때마다 악터스를 중심으로 허공이 기이하게 일렁였다.

그 이상한 공간은 천천히 형태를 잡기 시작해서 좌로 긴 타원형의 구를 만들었다.

대량의 마력을 일시에 방출하기 위해 한곳에 집약하면서 발생하는 현상이다.

악터스는 가만히 숨을 뱉은 뒤 입을 열었다.

"20분간 움직임을 봉한다."

순간 엄청난 수의 마물이 제각기 내지르는 괴성에 귀가 따가울 정도였는데 갑자기 거짓말처럼 사방이 조용해졌다.

땡그랑!

어찌나 고요했는지 병사가 실수로 창을 떨어뜨리는 소리가 유난히 크게 들렸다.

사방을 새카맣게 덮은 천여 마리의 마물이 악터스의 마법에 제압된 채 굳어버렸다.

소리조차도 내지 못했다.

"공격!"

마물들이 제압된 순간을 이용해 마법사들이 일제히 공격

을 시작했다.

양팔에 화염을 휘감고 다니던 마법사가 손을 뻗자 사람 몸통만 한 불덩어리가 비처럼 쏟아지기 시작했다.

혹자는 소리를 질러 지진을 일으켰다.

거미줄처럼 땅이 갈라졌고, 마물들을 시커먼 아가리 속으로 집어삼켰다.

마늘하늘에 천둥 번개가 무수히 떨어지기도 했다.

지평선 위를 가득 채운 새하얀 스파크가 마치 흰 가루를 뿌린 것처럼 보였다.

그것은 이미 마법이 아니었다.

적어도 사람들이 일반적으로 알고 있는 마법이란 이런 것이 아니다.

끔찍한 재앙 앞에서 수천 마리의 마물이 무력하게 죽어나갔다.

정확히 10분이 지났을 때 무차별적인 공세가 끝났다.

연기가 사라지자 폐허가 된 대지 위에 운 좋게 생존한 마물들이 드문드문 나타났다.

놈들은 코앞에서 불덩어리가 떨어지고 벼락이 떨어지는 것을 보았지만 바닥에 주저앉는 것조차 허락받지 못했다.

악터스의 마법에 움직임이 봉쇄되어 있었기 때문이다.

지성도 있고 공포를 느낄 줄도 아는 마물은 자기 의지와 관계없이 멀뚱하게 서서 눈물, 콧물, 오물을 쏟아냈다.

"사라져라."

악터스는 주위의 온갖 하찮은 것들에게 명령했다.

콰직! 우지직!

살아남아 있던 마물들이 하나둘씩 짓뭉개지기 시작했다.

밖에서 안으로 누르듯 몸 전체가 찌그러졌고, 끝내 피와 살점을 튕기며 폭발했다.

그의 마법은 살아 있는 것을 죽이는 것이 아니었다.

길이 1.5미터 이상의 크기를 가진 모든 덩어리를 다져 놓고 있었다.

대부분의 마물들은 마법사들의 폭격에 갈가리 찢겨 나갔지만 때론 온전하게 시신을 남긴 놈도 있었다.

그런 놈들은 다시 한 번 끔찍한 방법으로 도살되었다.

"우웨엑!!"

여기저기서 구토를 하는 자들이 속출했다.

그러나 악터스는 표정 하나 바꾸지 않고 모든 작업을 마친 뒤 마법을 풀었다.

그를 감싸고 있던 타원형의 구도 사라졌다.

마물을 모두 퇴치하고 위기에서 벗어났으나 사람들은 충격에서 벗어나지 못했다.

성의 주민들은 이 광경을 보지 못했지만 성 주위를 가득 메운 파편들을 보면 똑같이 충격에 빠질 것이다.

테오발트는 인상을 썼다.

"고약한 광경을 연출하셨군요."

"고의는 아니었다. 다만 내가 공간을 다루는 마법사였을 뿐이다."

"그런 것치고 마음에 들어하는 것 같습니다만."

"부정하진 않겠다."

악터스는 피식 웃었다.

"취향이라는데 뭐라 하진 않겠습니다. 그것보다도 저것들을 전부 치워야겠습니다만."

테오발트는 살덩어리들을 가리켰다.

"유감이지만 나는 마물을 제거한 것으로 모든 의무를 다했다고 본다."

그러나 악터스는 딱 잘라 거절했다.

신분을 감추길 원하는 이상 테오발트는 적어도 사람들 앞에서는 명령을 내릴 수 없었다.

악터스는 분명 그 사실을 이용하고 있었다.

'이 발칙한 놈을 어떻게 다루면 좋으려나.'

테오발트는 악터스를 가만히 훑어보며 생각에 잠겼다.

눈동자 위로 조금씩 붉은 기운이 일렁였다.

그걸 보고 겁을 집어먹은 것은 악터스가 아니라 뷜로 대공이었다.

꼬박꼬박 졸던 뷜로 대공이 어느새 비호처럼 날아와 악터스에게 옆차기를 날렸다.

"이 뻣뻣한 놈이 꼭 문제를 만든다니까!"

일단 악터스를 퇴치한 그는 주위 사람들을 둘러보며 훗, 하고 웃었다.

"이왕 시작한 거니 이 몸이 마지막으로 서비스를 하도록 하겠다. 끙, 그런데 날이 너무 화창하구먼. 그냥 시작하면 허리 휘어지겠는걸."

빌로 대공은 주위를 두리번거리다가 번개를 다루는 마법사 조셉을 찾아냈다.

"이놈 조셉아, 여기다 그림자 좀 만들어봐라."

"예."

조셉은 엉거주춤하게 걸어나와서 마법을 사용했다.

검은 구름이 몰려오더니 주위가 어둑어둑해졌다.

주위의 시선이 자신에게 모이자 빌로 대공은 일부러 에헴 하고 기침을 했다.

그 행동이 신뢰도를 떨어뜨린다는 걸 아는지 모르는지, 어쨌든 빌로 대공은 양팔을 기세 좋게 높이 치켜 올렸다.

성 밖에 드리워져 있던 그림자들이 을씨년스럽게 흔들렸다.

그 외엔 어떤 소리도 없었고 휘황한 시각 효과도 없었다.

다만 바닥을 가득 메운 수많은 살점들이 그림자 안으로 조용히 빨려 들어갔을 뿐이다.

그뿐만이 아니라 핏방울이나 폭격으로 부서진 물건들도

함께 그림자 안으로 사라졌다.

불과 수분 전만 해도 천여 마리의 마물이 불에 타고 짓뭉개져 성 주위를 가득 메우고 있었다.

그러나 지금은 깨끗한 들판만이 남았다.

애초에 아무 일도 없었던 것처럼 나뭇가지가 바람이 흔들렸다.

여기저기 검게 그을린 흙이나 흉하게 갈라진 바닥만이 전투의 흔적을 보여주고 있었다.

이번엔 구역질을 하는 자가 없었다.

대신 등줄기를 타고 소름이 돋았다.

"크하하! 어떠냐, 이 몸의 실력이! 내가 왕년에 청소 잘한다고 얼마나 예쁨을 받았는데!"

빌로 대공은 큰 소리로 웃어젖혔다.

호응하는 사람이 없어도 잘 웃었다.

그러다 마음에 안 들었는지 옆 사람을 압박해서 억지로 웃게 만들었다.

그렇게 카잔 남작령을 절체절명의 위기에 빠뜨린 마물 습격 사건은 30분 만에 종료되었다.

경계 태세를 푼 뒤 테오발트는 레논을 찾아서 주위를 돌아다녔다.

얼마 뒤 멍하니 성 밖을 내다보고 있는 레논을 발견했다.

"그만 들어가자. 카잔 남작이 승리를 축하하며 연회를 열어주겠다는구나."

레논은 불현듯 인상을 쓰며 손으로 지평선을 가리켰다.

"카잔 남작령을 점령하기 위해 저곳에 천 명의 정예군이 집결했다고 치자. 뷜로 대공이 손만 치켜들면 모든 병력이 꼼짝없이 그림자 속으로 끌려 들어가서 전멸해 버릴 것이다. 그리고 이 들판은 마치 처음부터 아무것도 없었던 것처럼 조용해지겠지."

"살아 있는 것을 그림자 안으로 끌어들이는 것과 움직이지 않는 물체를 끌어들이는 것은 천지 차이다."

"그래도 어마어마한 능력이라는 데는 부정할 여지가 없어. 이것은 마치……."

레논은 차마 말을 잇지 못했다.

그저 나오는 건 헛웃음뿐이다.

이런 걸 정말 인간의 힘이라 할 수 있는가?

"당연히 인간의 힘이 아니다. 이건 마족의 힘이다. 사악한 마족으로부터 빌려온 비정상적인 힘이지."

"그런가? 하지만……."

"왜? 당장 검을 때려치우고 마법을 배워야겠다 싶으냐?"

테오발트는 쓴웃음을 지으며 물었다.

순간 레논은 크게 화를 내며 성벽을 후려쳤다.

쾅!

"검은 내 긍지다!! 나를 우습게보지 마라!!"

"그럼 됐다."

테오발트는 레논의 뒷덜미를 잡아채서 연회장으로 질질 끌고 갔다.

레논은 어이없다는 표정을 지었다.

그는 비현실적인 광경에 솔직히 꽤 충격을 받았다.

그러나 테오발트는 정말 눈 하나 깜짝 않는 것이다.

레논은 끌려가면서 심각한 목소리로 물었다.

"네놈의 무신경함은 천성이냐?"

"아니, 아마도 후천성일 것이다."

"거짓말 마!!"

"너무 정색하는 거 아니냐?"

                    *   *   *

승전을 축하하기 위해서 카잔 남작이 연회를 열었다.

남작은 가능한 최고로 호화로운 연회를 열기 위해 노력했지만 손바닥만 한 영지에서 단 하루 만에 굉장한 연회가 만들어질 리 없었다.

그건 연회라기보다 약식의 술자리였다.

이 자리의 주역인 사해의 마법사들은 왁자지껄한 분위기에서 부어라 마셔라 하고 있었다.

그때 카잔 남작의 아부를 듣던 뷜로 대공이 갑자기 버럭 소리를 질렀다.

"뭐야? 뭐가 의외라는 거냐? 내가 악터스보다 약해 보인다, 이거냐?"

"아, 아니, 대공 전하. 그런 뜻은 아닙니다만……."

"꼭 무식한 놈들이 번지르르한 겉모습만 본다니까! 이 몸은 암흑 마법이 특기다! 그런데 속성과는 반대로 눈을 빛나게 하는 마법을 쓰고 있다! 여기 황금색으로 번쩍이는 눈을 봐! 얼마나 굉장하냐고! 그에 반해 저놈은 특기인 공간 마법을 이용해서 몸을 띄우고 있을 뿐이다! 별것도 아니지! 게다가 시끄럽기까지 해!!"

빌로 대공이 손가락을 번쩍 들어 악터스를 가리켰다.

웅웅거리는 진동음은 확실히 계속 들으면 좀 시끄러운 감이 있었다.

사람들은 고개를 돌리고 억지로 웃음을 참기 위해 애썼다.

악터스는 눈살을 찌푸렸지만 다른 마법사들에게 했던 것처럼 빌로 대공을 억압하지 못했다.

놀랍게도 빌로 대공과 악터스는 거의 동등한 힘을 가지고 있다고 했다.

악터스가 술을 한 모금 머금더니 갑자기 입을 열었다.

"인간의 틈바구니에 섞여 사는 사해의 마법사들은 전부 어딘가 하나씩 맛이 간 것들이다. 빌로 모이칸처럼 간, 쓸개를 반쯤 빼놓은 놈도 있고, 인간을 죽이는 데 중독이 된 놈도 있으며, 겁대가리를 상실한 놈도 있고, 그 종류 또한 아주 다양하지."

"뭐야?"

악터스와 뷜로 대공이 대치 상태에 돌입했다.

그들은 오랜 옛날부터 앙숙이었다.

성격으로 볼 때 당연한 결과라고 할 수 있었다.

"인간을 죽이는 데 중독이 되었다는 것은 무슨 뜻입니까?"

그때 테오발트가 술잔에서 입을 떼고 물었다.

악터스는 대답했다.

"살인을 즐기기 위해서는 인간이 있는 곳에서 생활할 필요가 있지. 겉으로는 멀쩡하게 궁정 마법사 행세를 하면서 뒤로 인간을 잡아들여 각종 실험을 행하는 자가 있다고 알고 있다. 대표로 한 놈을 꼽자면 둠 왕국의 킨 볼프가 있겠군."

"킨 볼프……!"

테오발트는 인상을 썼다.

경멸에 가득 찬 눈으로 인간들을 내려다보던 마법사.

다른 사해의 마법사들도 다를 바가 없지만 그는 특별히 더 음험한 구석이 있었다.

뷜로 대공이 손사래를 쳤다.

"그 미친놈이 웬일로 인간들과 소꿉장난을 하나 싶었더니, 이제 보니 둠 왕국이 아주 악마의 소굴이었구먼. 요 근래 급

성장을 한 데도 다 이유가 있었어."

레논은 턱을 만지며 중얼거렸다.

"…둠 왕국을 치는 데 좋은 명분이 되겠군."

그는 부연 설명을 덧붙였다.

"명분이 분명해야 전쟁에서 이길 수 있다. 일이 이렇게 된 이상 이겨야 하잖아."

"패배란 절대 아니 될 말이다."

마링겐 왕비에게 복수를 해야 되기 때문만은 아니다.

지금은 조용하지만 언제 마링겐 왕비가 본색을 드러낼지는 알 수 없었다.

테오발트는 혀를 차며 빈 잔을 기울였다.

그때 조셉이란 이름을 가진 사해의 마법사가 사근사근한 태도로 술병을 들고 다가왔다.

"빈 잔을 들고 뭐 하는 겐가? 한잔 들게."

"……."

사해의 마법사가 보다 강한 자들 앞에서 비굴해지는 것은 드문 일이 아니다.

테오발트는 생각없이 잔을 들어 올렸다.

그 순간이었다.

조셉이 술을 따르는 척하더니 테오발트의 팔을 붙들고 다짜고짜 와락 깨물었다.

"엇?"

테오발트의 옆자리에 앉아 있던 레논은 깜짝 놀랐다.

차라리 마법으로 공격을 했으면 덜 놀랐을 것이다.

짐승처럼 팔을 깨물다니 저게 뭐 하는 짓이란 말인가?

다른 마법사들이 뒤늦게 상황을 알아채고 자리에서 일어났다.

"무엇을 물고 있지? 개새끼도 아니고."

테오발트는 눈살을 찌푸리며 조셉을 발로 걷어찼다.

조셉은 걷어차이면서도 이빨을 세워 결국 살을 한 움큼이나 뜯어갔다.

바닥을 구르며 생살을 우적우적 씹어 삼켰다.

피 한 방울이라도 흘릴세라 입가를 손등으로 닦아 혀로 핥아 먹었다.

그러나 기대했던 변화는 일어나지 않았다.

저자가 불사왕이라면 그의 피와 살을 먹은 자신은 강력한 마력을 힘에 넣고 마족이 되어야만 했다.

조셉은 눈을 부릅뜨고 천천히 고개를 들었다.

"네놈이… 나를 속였구나!!"

"무슨 소린지 모르겠군."

당황한 사람들을 또 한 번 당황하게 만드는 일이 일어났다.

테오발트가 밖으로 뛰어나가며 검을 뽑아 들었다.

회색의 강철 검이 휘황하게 백색 빛을 뿜어내고 있었다.

"소, 소드 마스터?!"

그 누구보다도 놀란 레논이 외마디 비명을 질렀다.

번쩍!

테오발트는 납작하게 엎드리고 있는 조셉에게 오라 블레이드를 휘둘렀다.

그 공격은 평범한 사람의 눈에는 보이지도 않았다.

그러나 조셉은 개구리가 뛰듯 순식간에 몸을 튕기며 검을 피했다.

마법사들은 기본적으로 학자에 가깝기 때문에 몸이 둔하다.

하지만 그 상식은 사해의 마법사들에겐 통용되지 않는 이야기였다.

조셉은 날렵하게 뒤로 물러나며 전류를 장창 형태로 응축시켜 십여 발을 쏘아 보냈다.

촤악.

테오발트는 번개를 단칼에 베어 넘겼다.

"꺄아악!"

"으악!"

벌써 한 번의 공방이 일어난 뒤에야 사람들은 비명을 지르며 구석으로 도망쳤다.

테오발트는 공격을 벤 뒤 다시 조셉의 뒤를 쫓았다.

그러나 조셉은 이미 자리를 잡고 마법을 완성한 뒤였다.

"늦어!"

조셉은 입술을 비틀며 외쳤다.

테오발트는 흠칫 멈춰 섰다.

콰과과광!!

테오발트를 노리며 수백 개의 벼락이 무수히 내리꽂혔다.

"타하!"

테오발트는 기합을 지르며 검을 크게 휘둘렀다.

순간 검을 감싸고 있던 오라가 폭발하며 회오리를 일으켰고, 테오발트의 몸을 보호했다.

소드 마스터들은 기껏해야 검의 오라를 휘두르는 데만 사용할 뿐이다.

그건 세간에 한 번도 알려진 바가 없는 방법이었다.

그러나 기상천외하게 만들어낸 방어막도 잠깐뿐이었다.

뒤이어 떨어지는 벼락이 오른쪽 어깨에 명중했다.

통증은 뒤늦게 찾아왔다.

테오발트는 신음을 지르기도 전에 검을 놓치고 말았다.

"크하하! 죽어라!"

조셉은 크게 웃으며 결정타를 준비했다.

그것을 본 테오발트는 짧고 강하게 외쳤다.

"멈춰!!"

"윽!"

순간 조셉은 강력한 반발력을 느끼며 몸을 움츠렸다.

그뿐 아니라 주위의 모든 사해의 마법사들이 비명을 터뜨렸다.

테오발트의 목소리에 강력한 신성력이 담겨 있었기 때문에 그들이 사용하던 마력과 반발을 일으킨 것이다.

그것은 찬트를 응용한 수법이었다.

찬트의 극의를 터득한 바 있는 테오발트는 노래가 아니라 짧은 단어에도 성력을 담을 수 있었다.

짧은 기회를 이용해 테오발트가 왼손으로 검집을 뽑아 들고 단숨에 거리를 좁혔다.

"큭!"

조셉은 낭패한 얼굴을 했다.

그리고 다음 순간 조셉의 모습이 흔적도 없이 사라졌다.

순간적으로 이동하는 마법.

조셉이 오랫동안 비밀로 해온 비장의 마법이었다.

목표물이 눈앞에서 사라졌건만 테오발트는 망설이지 않고 등 뒤로 검집을 휘둘렀다.

"커헉!!"

테오발트의 등 뒤에서 모습을 드러낸 조셉은 그대로 칼집에 허리를 얻어맞았다.

우지직!

비록 날이 서 있는 검으로 맞은 것은 아니지만 그 타격은 결코 우습지 않았다.

허리가 크게 꺾였고 뼈가 으스러지는 소리까지 났다.

"네놈은 비장의 마법으로 최대한 거리를 벌였어야 했다. 그러면 적어도 이렇게 시시하게 당하진 않았겠지."

테오발트는 바닥에 떨어진 검을 차 올려 왼손에 쥐었다.

"컥, 커… 네놈……."

허리를 움켜쥐고 피 섞인 침을 줄줄 흘리고 있던 조셉이 또 한 번 사라졌다.

테오발트는 땅을 박차고 갑자기 한 방향으로 뛰더니 허공을 힘껏 그었다.

오라 블레이드가 호선을 그리고 지나간 뒤 조셉이 모습을 드러냈다.

그는 허리를 손으로 움켜쥔 채 떨리는 목소리로 물었다.

"어, 어떻게……."

"너 같은 놈의 행동 패턴이야 뻔하지. 처음엔 등 뒤를 공격할 테고, 실패한 다음엔 탈출로를 확보하기 위해 가까운 출구로 이동할 테고."

"그런… 추측… 만으로……."

"원래 싸움은 감각으로 하는 것이다."

테오발트의 말이 끝나기가 무섭게 조셉의 허리춤과 바지가 시뻘겋게 물들기 시작했다.

걷잡을 수 없이 피가 흘러나오더니 허리가 천천히 쪼개

졌다.

먼저 상반신이 바닥에 처박혔고, 나머지 하반신도 균형을 잃고 무너졌다.

쿠웅! 쿵!

두 동강 난 몸뚱이가 각각 바닥에 나뒹군 뒤 지독한 피비린내를 풍기며 내장이 쏟아져 나왔다.

"커헉, 이렇… 게 죽을 수는 없어……!"

그때 조셉이 바닥을 버르적거리면서 말했다.

"헉!"

"저럴 수가!"

사람들은 소스라치게 놀랐다.

몸뚱이가 반으로 쪼개졌는데도 그는 아직 살아서 말을 하고 있었다.

조셉은 퍼렇게 질린 얼굴로 양손으로 바닥을 짚고 기어가기 시작했다.

그러나 얼마 가지 못해 피거품을 토했다.

그는 자기가 토한 피를 보더니 더욱 퍼렇게 질려 다급히 악터스를 향해 팔을 뻗었다.

"아, 악터스님, 살려… 주십시오……. 저, 저놈이… 거짓말을 했습니다. 저놈은……."

"누가 묻더냐?"

악터스는 짜증스러운 목소리로 대꾸하며 팔을 뻗었다.

조셉의 눈이 커졌다.

"아, 안 돼! 어째서!"

"그 머리통에서 뇌를 드러낼 수 있다면 좋을 것을. 그리하면 허튼 생각일랑 않고 명령하는 대로만 움직일 게 아닌가."

콰직!

조셉의 머리가 반으로 짓뭉개졌다.

남은 몸뚱이도 안으로 쪼그라들다가 사방으로 살점을 튕기면서 터져 나갔다.

"어우, 지저분하게."

빌로 대공 홀로 분위기 파악을 못하고 투덜거렸다.

악터스는 로브를 툭툭 털어낸 뒤 테오발트를 향해 몸을 틀었다.

웅웅.

적막으로 가득 찬 연회장에 사람의 심령을 위축시키는 진동음만 들렸다.

"검만 사용해서 조셉을 제압했군. 과연……."

악터스는 잠깐 말을 멈추었다.

그는 피식 웃었다.

"과연 신마전쟁의 영웅 지그문트의 후손다워."

"과분한 칭찬이십니다."

내용과는 달리 시큰둥한 목소리였다.

테오발트는 인상을 쓰며 칼을 바닥에 내던졌다.

번개에 맞은 어깨가 몹시 쓰라렸다.

소드 마스터의 수법으로 근육을 일순 강화시켜 방어하지 않았다면 숯덩이가 되었을 것이다.

그냥 마력을 써버릴 걸 그랬다고 투덜거리고 있을 때다.

악터스가 다시 입을 열었다.

"비록 너의 능력을 전부 보진 못했지만 대충 짐작은 간다. 그 정도 실력이라면 나나 뷜로가 전력을 다해 덤빈다 해도 승리를 장담을 할 수 없겠군."

연회장이 크게 술렁였다.

테오발트가 오라 블레이드를 휘두른 것만으로도 놀라운데 악터스와 뷜로 대공을 제압할 수도 있다고 말하고 있지 않은가.

"이쯤에서 정식으로 자기소개를 할 필요가 있겠군."

악터스는 뜬금없이 가슴에 손을 얹으며 말했다.

"나는 마도남왕 라우지 토가님을 모시는 마법사 악터스라고 한다. 내가 사해에서 하는 일은 매일 아침저녁으로 라우지 토가님의 발을 닦아드리는 것이다. 나는 그분의 아주 훌륭한 발닦개지. 참고로 뷜로는 마도서왕 트리오네님의 훌륭한 청소부다. 발닦개와 청소부에 필적하는 능력을 가진 네가 어떤 방법으로 사상 최강의 마족 집시왕비를 무찌를 것인지 나는 너의 조력자가 되어 처음부터 끝까지 그 행보를 지켜볼 생각이다. 그 역사적인 과정을 지켜보기 위해서라면 목숨을 걸어도 좋겠지."

악터스는 도발에 가까운 말을 던진 뒤 등을 돌려 연회장을 떠났다.

초토화된 연회는 경악만 남긴 채 끝을 맺었다.

Chapter 05
고대의 유적

THE KING OF
IMMORTALLY

"**뭐**라고? 배, 배, 백 명?"

사해의 마법사가 도착했다는 보고를 들은 스톰폴트의 국왕은 자신의 귀를 의심했다.

곧 삼백 명이 더 도착할 거란 말을 듣자 눈앞이 아득해질 정도였다.

이건 도저히 감당할 수 있는 규모가 아니었다.

그러나 국왕이 어떻게 반응하든 테오발트는 전혀 개의치 않았다.

마법사들은 이미 수도 내에 위치한 츠엔 마탑에 떡하니 자리를 차지하고 눌러앉은 상태다.

이제 와서 돌아가 달라고 부탁해 봤자 들을 리도 없고, 무
력으로 쫓아내면 엄청난 희생이 생길 것이 뻔하다.

스톰폴트 왕국 측에서는 발을 동동 구르는 것 외에 아무 조
치도 취할 수 없었다.

오랜만에 레논이 마탑을 방문했다.

어깨에 무거운 망토를 두르고 국왕의 친위기사 십수 명을
이끌고 온 상태였다.

그는 응접실 밖에 기사들을 대기시켜 둔 뒤 탁자 위에 황금
색 두루마리를 내려놓았다.

쿵!

"폐하께서 칙령을 내려 사해의 마법사들을 비롯하여 너의
동향을 감시하라고 이르셨다."

"국왕에게 많이 시달린 모양이구나. 이리 와서 차나 한잔
해라."

테오발트는 느긋하게 차를 건넸다.

레논은 망토를 벗어놓고 맞은편 자리에 앉아 잔을 들었다.

잠시 정적이 흘렀다.

조용히 향을 음미하다가 레논이 문득 입을 열었다.

"네 녀석, 검을 쓰더군."

"내가 검을 못 쓴다고 누가 그러든?"

"그래, 못 쓴다고 말한 적은 한 번도 없지. 오히려 너는 줄곧
검을 차고 다녔어. 뒷조사를 했을 때도 네가 상당히 검을 잘 쓴

다는 기록을 접한 적이 있다. 문제는 네가 상상보다 훨씬 강했다는 데 있어. 테오발트, 너는 오라를 얼마나 다룰 수 있지?"

"아주 잘 다루지."

탕!

레논은 찻잔을 거칠게 내려놓았다.

"지금 네가 소드 마스터라는 거냐?! 너무 쉽게 대답하는 거 아냐?"

"어떻게 분위기를 잡으면 네 마음에 차랴?"

"……."

레논은 호흡을 억지로 가라앉히며 다시 잔을 들었다.

"사해의 마법사를 설득할 수 있었던 것은 믿기지 않지만 네가 그들보다 훨씬 강했기 때문이군."

테오발트는 부정하지 않았다.

레논은 그야말로 기가 막혀 한동안 말을 잇지 못했다.

잠시 뒤 그는 한숨을 길게 토한 뒤 말했다.

"정말 웃긴 소리지만 말이야, 네놈의 일이니까 어쩐지 그러려니 하게 되더군. 게다가 네놈이 사해의 마법사들보다 세다는 사실을 깨닫고 나니 차라리 안심이 됐다. 마법사들이 함부로 움직이지 못할 테니까."

"완전히 마음을 놓을 수는 없겠지만 한동안은 괜찮을 것이다."

"좋아. 그런데 너는 어떻게 저 강력한 마법사들을 압도할

정도로 강력한 힘을 가지고 있는 거지?'

"내가 원래 좀 비범하다."

"진지하게 상대해 줄 생각이 전혀 없군!!"

똑똑.

그때 밖에서 노크 소리가 들려와 잠시 대화가 중단되었다.

출입문을 열고 들어온 것은 악터스였다.

표정이 별로 안 좋았다.

"나쁜 소식이다. 마지막 은신처와 계속 연락이 되지 않고 있다."

"이거 100퍼센트 반란이로구먼. 이렇게 지도력이 부족해서야. 쯧쯧쯧."

빌로 대공이 뒤따라 들어오며 깐족거렸다.

악터스는 빌로 대공에게 눈길을 주는 대신 담담히 옛날이야기를 꺼냈다.

"본래 빌로는 북부 소재의 은신처 중 두 곳을 관리하고 있었다. 그러던 어느 날, 스톰폴트 왕가에서 보낸 인간이 마법사를 빼가기 위해서 근처를 기웃거리다가 은신처로 붙잡혀 왔다. 휘하 마법사들의 동요를 막을 의무가 있었던 빌로는 금은보화와 미녀를 안겨주겠다는 인간의 사탕발림에 혹해서 가장 먼저 은신처를 박차고 뛰어나갔다."

"뜬금없이 그 얘긴 왜 꺼내는 거냐?'

"네놈 덕에 나는 네 개의 은신처를 전부 관리해야 했다. 은신처 간의 거리가 있는 만큼 내 손으로 마법사들을 관리하는데 어려움이 컸다. 반란이 일어난 것은 엄밀히 말해 네 탓이 크다."

악터스와 뷜로 대공이 또다시 언쟁을 시작했다.

뷜로 대공도 의외로 논리력을 갖춘 편이라 말싸움하고 있는 걸 구경하면 은근히 재미가 쏠쏠했다.

그러나 테오발트는 평소와 달리 언쟁을 중지시켰다.

"번거롭게 됐군요. 결국 직접 찾아가야 한단 말입니까?"

악터스가 고개를 끄덕였다.

"면목없군."

"무력 충돌이 일어날 수도 있으니 마법사 중 일부를 데려가야겠습니다. 악터스님과 뷜로 대공도 동행해 주십시오."

"내가 직접 가지 않으면 일이 복잡해질 테니 동행하겠다. 미덥진 않으나 옛 관리자였던 뷜로가 있으면 일이 한결 쉬워질 것이다. 이곳에 남아 있는 마법사들은 카리나에게 관리하게 지시해 두겠다."

"좋습니다. 레논, 들었겠지? 너도 즉시 출발 준비를 해라."

테오발트는 자리를 털고 일어섰다.

그때 레논이 급히 외쳤다.

"잠깐만! 할 이야기가 더 있다!"

악터스와 뷜로 대공은 먼저 준비를 하겠다고 말한 뒤 응접실을 떠났다.

테오발트가 다시 자리에 앉자 레논은 입을 열었다.

"에스트리트의 일로 할 말이 있다. 너, 언제까지 이런 상태로 지낼 거냐?"

테오발트가 에스트리트에게 호감을 느낀 것은 레티치아와 닮았기 때문이다.

어떤 의미에서 에스트리트는 레티치아의 대신이라 할 수 있었다.

우연히 그 사실을 알게 된 에스트리트는 불같이 화를 냈다.

그 뒤로 사이가 틀어졌고, 어정쩡한 관계가 지금까지 이어지고 있었다.

테오발트는 잠시 생각에 잠겨 있다가 입을 열었다.

"글쎄다. 에스트리트가 원치 않는다면 이대로 관계를 정리하는 것도 나쁘진 않을 것 같구나. 내게는 적이 많다. 내가 자리를 비우고 있는 동안 누군가가 그녀를 공격할 수도 있겠지."

"옛 약혼녀처럼 에스트리트가 목숨을 잃을지도 모른다고 생각하는 거냐?"

"썩 유쾌한 경험은 아니니까. 진심이 되기 전에 관계를 정리하는 것이 그녀에게도 내게도 편할 테지."

*   *   *

테오발트는 연락이 두절된 마법사들을 찾기 위해 츠엔 마탑을 나섰다.

그는 여행을 떠나기 전에 사해의 마법사들을 불러 마법을 쓰지 말라고 명령했다.

덕분에 일행은 큰 소동 없이 여행을 할 수 있었다.

악터스가 두 발로 땅을 걸어다니는 희귀한 광경도 목격할 수 있었다.

마법사들의 은신처는 스톰폴트 남서부에 위치한 베릴 성 근방이었다.

베릴 성까지 삼 일 거리를 남겨놓았을 때다.

테오발트는 작은 마을에서 하루 묵어가기로 했다.

오랜만에 따뜻한 물로 묵은 때를 벗겨내고 침대에서 편하게 숙면을 취했다.

다음날 아침 테오발트는 식사를 하기 위해서 1층 식당으로 내려왔다.

잠시 뒤 다른 일행도 식당으로 내려왔다.

사해의 마법사 15명을 포함해 일행이 20명 정도 되었는데 자그마한 여관이다 보니 식탁이 금방 꽉 찼다.

왁자지껄하게 식사가 이루어지는 도중에 투숙객으로 보이는 중년 사내가 뒤늦게 식당에 내려왔다.

그는 주위를 두리번거리며 자리를 찾다가 테오발트가 앉아 있는 식탁으로 걸어갔다.

"죄송합니다만, 합석해도 괜찮겠습니까?"

"뭣이라?"

뷜로 대공과 악터스가 누가 먼저랄 것도 없이 눈살을 찌푸렸다.

테오발트도 눈을 가늘게 떴다.

이 식탁엔 그를 포함해서 레논과 뷜로 대공, 악터스가 식사를 하고 있었다.

신분을 숨긴 상태지만 주위 세 사람은 척 보기에도 뭔가 위압감이 느껴지는 인간들이다.

그런데 사내는 하필 이 자리로 와서 동석해도 되냐고 묻고 있었다.

"좋을 대로."

테오발트는 일단 합석에 응했다.

사내는 의자를 꺼내 앉으며 인사를 건넸다.

"감사합니다. 저는 케이라고 합니다. 음, 그러니까……."

"테오발트."

"예, 테오발트님. 모두 이런 시골엔 어울리지 않는 분들로 보이는데, 무슨 일이 있으십니까?"

"개인적으로 용무가 좀 있다."

"알려주기 곤란하신 모양이군요. 죄송합니다."

케이는 온화하게 미소 지으며 더 이상 캐묻지 않고 화제를 바꾸었다.

예의 바르고 부드러운 느낌을 가진 사내였다.

여관 주인이 케이의 앞에 보리빵 두 개를 갖다주었다.

테오발트가 그걸 보다가 테이블 가운데 있던 흰 빵을 케이의 그릇 위에 얹어주었다.

"그거 먹어서 성에 차겠느냐?"

"예? 아."

"이것도 먹고 살 좀 찌우거라. 쯧쯔, 무슨 짓을 하고 돌아다녔기에 그리 비쩍 말랐어?"

테오발트는 혀를 끌끌 차며 옥수수 수프와 베이컨 조각을 밀어주었다.

케이는 멍청한 표정으로 풍성해진 음식을 쳐다보았다.

하지만 그는 미소를 지었다.

"이렇게 챙겨주는 사람을 만나는 것도 정말 오랜만이로군요. 감회가 새롭습니다."

황당한 상황이 자연스럽게 넘어가고 있었다.

케이는 이 김에 옛 추억을 화제로 삼았다.

소소한 담화를 나누는 동안 아침 식사가 마무리되었다.

"즐거웠습니다. 그럼 저는 이만."

케이는 처음 나타났을 때처럼 단정하게 작별 인사를 하고 자리를 떠났다.

테오발트도 그만 식탁에서 일어났다.

악터스가 마법사들에게 출발 준비를 시키고 빌로 대공이

그 옆에서 깐족대는 동안 테오발트는 여관 앞에서 식후 담배를 태우고 있었다.

레논이 말을 이끌고 다가왔다.

"테오발트, 이거 정말 심각하게 묻는 건데 말이다. 너보다 스무 살은 많아 보이는 사람한테 빵을 챙겨주고 싶냐?"

"흠?"

레논의 말을 듣고 나서야 테오발트는 당시 행동이 평소답지 않았다는 것을 깨달았다.

그는 평소 노인네마냥 주변인을 모조리 애 취급하는 버릇이 있었다.

그러나 낯선 사내에게 대뜸 먹을 것을 챙겨줄 만큼 다정다감하진 않았다.

"그렇구나. 어쩐지 낯익은 느낌이 들어서 나도 모르게……."

테오발트는 턱을 어루만졌다.

어딘가 익숙한 느낌이 드는데 그는 분명히 오늘 처음 보는 얼굴이었다.

단지 기분 탓일까?

여관을 떠날 때까지도 그는 답을 내리지 못했다.

삼 일을 더 움직여서 베릴 성에 도착했다.

하지만 그들의 목적지는 베릴 성이 아니라 마물이 득시글대는 근방의 산맥이었다.

그곳 어딘가에 마법사들의 은신처가 있을 것이다.

산기슭에서 악터스가 낡은 나무패를 꺼냈다.

그것을 소지하면 마물의 공격을 받지 않고 경계선을 통과할 수 있었다.

"하지만 놈들이 반란을 일으켰다면 이 통행증은 무용지물이 되었을 가능성이 크다."

"찬트가 있습니다. 염려 말고 바로 가시죠."

테오발트는 성큼 산속으로 들어갔다.

악터스는 두말하지 않고 그를 따랐다.

마물 따위 여차하면 모조리 없애 버리면 될 일이었다.

그러나 예상과 달리 통행증은 여전히 효력을 발휘하고 있었다.

마물들은 함부로 덤벼들지 못하고 일행의 주위만 빙빙 맴돌았다.

일행은 아무런 위협도 받지 않고 어느덧 산 중턱에 당도했다.

레논이 의문을 표했다.

"테오발트, 벌써 반 이상 도착한 거 같은데 이쯤 왔으면 반란을 일으킨 마법사들이 우릴 저지하기 위해서 공격을 퍼부어야 하는 거 아니냐?"

"맞다. 만약 함정을 판다면 마물이 돌아다니는 경계선이 가장 적당한 장소일 터."

"마법사들이 은신처를 버리고 떠나 버렸을 가능성은?"

"그렇다면 경계선이 무너지고 마물들이 난동을 부리고 있어야 한다. 하지만 보다시피 경계선은 이렇게 건재하다. 저 통행증도 유효한 상태지."

"그렇군. 무슨 생각으로 반란을 일으킨 거지? 분위기상 다른 마법사들은 악터스나 뷀로 대공에 대적할 만한 힘이 없는 것 같은데."

"맞다. 떼로 덤벼도 한주먹거리도 안 되지."

산이 평화로운 만큼 의문도 깊어졌다.

테오발트는 주의 깊게 주변을 살피며 걸음을 옮겼다.

날이 거의 저물었을 즈음이다.

그는 불현듯 일행을 뒤로 남겨두고 숲 속으로 걸어갔다.

무성한 수풀이 교묘하게 시야를 가리고 있었는데 그곳에서 인기척이 느껴졌다.

주의를 기울이지 않았다면 발견하지 못했을 것이다.

테오발트는 바로 수풀을 걷어냈다.

"뭐야? 어린애?"

뒤따라온 레논이 눈을 휘둥그레 뜨고 외쳤다.

놀랍게도 구덩이 안에 열다섯 살가량 된 소년이 조그맣게 몸을 웅크리고 있었다.

테오발트는 아이를 구덩이에서 꺼내서 상태를 살펴보았다.

소년은 얼마 안 있어 곧 정신을 차렸다.

이틀간 굶주렸을 뿐, 별다른 상처는 입지 않았기 때문이다.

소년은 허겁지겁 빵을 뜯어 먹으며 눈으로는 눈물을 줄줄 흘리면서 연신 감사를 표했다.

"저, 전 진짜로 죽는 줄 알고…… 훌쩍! 감사합니다. 감사합니다, 마법사님! 욱욱! 훌쩍!"

"감사는 됐다. 그보다 어째서 그런 곳에 있었는지 그것부터 설명해 보거라."

테오발트의 질문에 소년은 횡설수설 사정을 설명했다.

피터라는 이름을 가진 소년은 마법사를 모시는 마을에서 살고 있었다.

누나의 생일이 가까워지자 피터는 큰마음 먹고 숲 속에서만 나는 약초를 선물하기로 결심했다.

마을을 벗어나면 위험하다는 것을 알면서도 조심스레 숲 속으로 들어간 피터는 아니나 다를까 마물을 만났다.

정신없이 도망치던 피터는 다행히 숨을 곳을 찾아 목숨을 부지할 수 있었다.

그러나 한 발짝만 나가도 근방에서 어슬렁대는 마물에게 잡아먹힐 것이 뻔했다.

피터는 구덩이 속에서 물 한 모금 못 마시고 지금껏 굶주리고 있었다.

이야기를 전부 들은 악터스가 눈살을 찌푸렸다.

"매해 지능 미달 아동으로 인한 실종 사건이 꼭 한 번씩 발생하곤 했지."

뷜로 대공이 그에 동조했다.

"아무렴! 일 년에 한두 번은 꼭 가출한 애 좀 찾아달라고 탄원이 들어오는데, 귀찮아서 원!"

피터는 본능적으로 자기 이야기를 하는 걸 알고 주눅이 들었다.

테오발트가 목소리에 살기를 담아 말했다.

"어른스럽지 못하게 어린애를 괴롭히는 행위는 삼가주셨으면 합니다."

어른스럽지 못한 사해의 마법사들을 멀찍이 쫓아낸 덕분에 피터는 다시 기운을 되찾았다.

얼마 안 있어 피터는 큰일을 겪은 아이라고 생각할 수 없을 정도로 활발해졌다.

테오발트를 마법사님이라고 부르면서 묻지도 않은 말을 이것저것 떠들어댈 정도였다.

"우리 누나는 눈동자가 녹색이에요. 얼굴도 진짜 예뻐서 누나를 쫓아다니는 남자가 한두 명이 아니죠."

"릴리 누나는 감자 수프를 굉장히 잘 만들어요. 마을에서 우리 누나 음식 솜씨가 가장 좋을걸요?"

"릴리 누나는 너무 착해서 탈이에요. 아무리 힘들어도 도대체 표를 안 내니까 알 수가 없어요. 매일 빙그레 웃기만 한

다니까요."

테오발트는 피식 웃었다.

"네가 누나를 정말로 좋아하는 모양이구나."

그 말에 피터는 화끈 얼굴을 붉혔다.

잠시 망설이던 피터가 입을 열었다.

"그, 그런 건 아니고, 전 릴리 누나랑 단둘이서 살아요."

피터에게 있어 누나는 어머니이기도 하고 아버지이기도 했다.

아니, 이미 세상, 그 자체였다.

테오발트는 좀 더 수다를 떨고 싶어하는 피터를 모포로 둘둘 말아서 바닥에 던졌다.

"그만 자거라. 내일 아침 일찍 집으로 돌려보내 주겠다."

"넵!"

기세 좋게 대답은 했지만 피터는 모포 안에서 계속 꼬물거렸다.

그러나 이내 피곤을 이기지 못해 움직임이 멎었다.

레논은 혀를 차며 다가왔다.

"애를 잘 보는군."

"이 정도는 기본이지."

"저 꼬마는 너를 나이가 많은 사해의 마법사로 착각하고 있는 거 같은데, 사실 너는 열아홉 살에 불과해. 꼬마보다 겨우 네 살이 많을 뿐이라고! 알아?"

"상기시켜 줘서 고맙구나."

농을 주고받으며 레논은 모포를 조금 걷어 피터가 잠이 든 것을 확인했다.

그는 표정을 굳혔다.

"…마법사들이 악터스의 명령을 거부하고 반란을 획책했 다면 휘하의 인간들도 그 영향을 받을 수밖에 없다. 필시 긴 장 기류가 흐르고 있었을 거야. 꼬맹이가 한가하게 생일 선물 이나 구하러 나다닐 상황이 아니었을 거란 말이지."

"꼬맹이가 거짓을 말하고 있지는 않다."

"내가 보기에도 그래. 점점 영문을 모르겠군."

"은신처가 바로 코앞이다. 가보면 알게 되겠지."

하룻밤을 쉰 뒤 다시 산을 올랐다.

피터 때문에 하룻밤 노숙을 했을 뿐, 사실 은신처는 바로 코앞에 있었다.

숲을 거의 빠져나올 때까지도 여전히 마법사의 습격은 없 었다.

대신 그들은 한 구의 시체를 발견했다.

검은 로브를 입은 사내였는데 몸뚱이 아래쪽이 완전히 잘 려 나간 상태였다.

뷜로 대공이 그의 신원을 밝혀냈다.

"내 기억이 정확하다면 그는 제이크라는 이름을 가진 사해의 마법사다."

"무슨 일이 있었던 걸까요?"

"이곳 녀석들끼리 분쟁이라도 일어난 거야?"

얼마 가지 않아 또 다른 시체가 십여 구나 발견되었다.

몸뚱이가 세로로 두 동강 난 자도 있고 수십 조각으로 난자된 것도 있었다.

마법사들은 하나같이 참혹하게 죽어 있었다.

그리고 손쓸 사이도 없이 순식간에 죽임을 당했다.

"…반란이 아니었군."

테오발트는 시체를 짚어보며 말했다.

레논의 놀라움은 더욱 컸다.

몇 번이나 자신의 눈을 의심했다.

"누가 사해의 마법사를 이렇게 단칼에 베어버릴 수 있는 거지?"

답부터 말하자면 그럴 수 있는 자는 없다.

하나둘 정도면 모를까, 군집을 이루고 있는 사해의 마법사를 어린애 다루듯 죽일 수 있는 자는 적어도 이 대륙에는 존재하지 않았다.

마법사들의 안색이 시꺼멓게 죽었다.

"마족……."

누군가가 작은 목소리로 중얼거렸다.

마법사들의 안색이 시꺼멓게 죽었다.

그들은 침묵 속에서 천천히 은신처를 향해 걸음을 옮겼다.

어느 순간부터 피비린내가 코를 찌르기 시작했다.

이윽고 숲을 벗어났을 때 그들을 맞이한 것은 엄청난 숫자의 시체들이었다.

은신처에서 살던 마을 사람들도, 강력한 힘을 가진 사해의 마법사들도 모조리 죽임을 당했다.

토막 난 팔다리가 바닥을 나뒹굴고 피가 논과 밭을 시뻘겋게 물들였다.

테오발트는 억지로 호흡을 골랐다.

그는 이전에도 같은 광경을 본 적이 있다.

마치 베르그이젤 성의 끔찍한 참상을 다시 한 번 목격하고 있는 듯했다.

"릴리 누나!! 릴리 누나!!"

그때 피터가 발작적으로 외치며 앞으로 뛰어나갔다.

그러나 뷜로 대공이 피터를 붙잡았다.

꼬맹이 따위 아무래도 관심없으나 테오발트의 반응을 생각해서 한 행동이다.

테오발트는 불편한 얼굴로 피터를 응시했다.

"기다리고 있었습니다. 늦으셨군요."

어디선가 낯익은 목소리가 들려왔다.

시체로 가득한 마을 한가운데 눈에 익은 사내가 홀로 서 있었다.

온화한 분위기를 가진 회색의 신사.

그는 일전에 자신을 케이라고 밝힌 바 있었다.

허름한 옷을 말끔한 것으로 갈아입었지만 그가 틀림없었다.

"어째 자꾸 신경이 쓰인다 했다. 과연 보통 놈은 아니었던 게로군."

테오발트는 이를 갈며 검에 손을 가져갔다.

그것을 보고 케이는 급히 손을 저었다.

"잠시만 기다려 주십시오. 제가 어째서 이들을 죽였는지 알고 싶지 않으십니까?"

"……."

"테오발트님, 저는 당신과 대화를 하고 싶습니다."

그는 부드러운 목소리로 거듭 대화를 요청했다.

아무렇지도 않게 시체를 짓밟고 있었으나 그는 어디까지나 신사적이며 온화했다.

순간 뷜로 대공이 헉! 하고 숨을 멈췄다.

얼굴이 달랐지만 상대가 누구인지 금방 알아볼 수 있었다.

"맙소사! 당신은……!"

악터스도 표정이 딱딱하게 굳었다.

동요는 마법사 전체에 퍼졌다.

영문을 모르는 것은 레논과 테오발트뿐이었다.

하얗게 질린 뷜로 대공이 물었다.

"호운님! 어떻게 이곳에……?!"

"못 올 것도 없지 않습니까? 사해를 벗어나서는 안 된다는 금령이 있었던 것 같지만, 지금은 금령을 어겨도 벌을 내릴 수 있는 왕이 없으니까요."

그는 부드럽게 미소를 지으며 테오발트를 응시했다.

서열 2위의 마족 만년장로 호운!

뒤늦게 그 정체를 알게 된 테오발트는 쓴웃음을 지을 수밖에 없었다.

"초장부터 감당하기 힘든 놈을 만났군."

"오히려 처음 만난 마족이 저라서 다행이지요. 제아무리 강력한 힘을 가지고 있어도 성격이 포악하고 거칠면 자연스럽게 적이 늘어납니다. 이런 자들은 열이면 열, 원한을 품은 누군가에게 살해당하고 말죠. 따라서 오랫동안 살아남기 위해서는, 물론 힘도 세야 하지만 그만큼 온건한 성향을 가지고 있어야만 합니다. 자랑은 아닙니다만 저는 장장 만 년을 살아왔고, 소위 만년장로라 불리는 이들 중에서도 가장 나이가 많습니다."

테오발트는 눈짓을 보내 뷜로 대공에게 사실 확인을 했다.

그는 식은땀을 닦으며 일단 고개를 끄덕였다.

"걱정하실 것 없습니다. 말씀드렸듯이 저는 싸우려고 이곳에 온 게 아닙니다. 저는 대화를 하고 싶을 뿐입니다."

"……."

테오발트는 검에서 손을 뗐다.

일단 이야기를 들어보기로 했다.

사실 선택의 여지가 없다는 말이 맞을지도 모른다.

호운은 천천히 마을 안쪽으로 걸음을 옮겼다.

"사건의 발단은 80년 전으로 거슬러 올라갑니다. 어느 날 불사왕이 갑자기 사해에서 종적을 감추었습니다. 모든 마족들은 왕을 찾기 위해서 휘하의 마법사들을 대륙으로 내보냈습니다. 사해를 벗어나서는 안 된다는 금령 때문에 마법사들을 눈으로 활용해서 대륙을 수색하려고 한 것입니다."

"휘하 마법사를 파견해서 대륙을 교란시키는 행위도 금지되어 있지 않던가?"

"마족들은 마법사를 대륙에 파견한 것이 아닙니다. 그들은 마법사들을 해방시켜 준 것입니다. 그 증거로 아무런 대가도 받지 않고 그 어떤 조건도 없이 마법을 사용할 수 있게 해주었지요. 마족이 한 일이 있다면 그저 마법사들을 통해 대륙의 정황을 살핀 것뿐입니다."

호운은 잠시 걸음을 멈추었다.

주위엔 필사로 저항하려다 죽임을 당한 마법사들의 시체가 널브러져 있었다.

그는 갑자기 인상을 쓰며 난도질당해 떨어져 나온 팔뚝을 집어 들었다.

"그런데 대륙 곳곳을 돌아다니며 눈이 되어야 할 마법사들이 괘씸하게도 깊은 산속에 숨어서 움직일 생각을 않더란 말입니다. 주인의 심중도 제대로 헤아리지 못하는 한심한 녀석들입니다. 이들은 응당 치러야 할 대가를 치른 것뿐입니다."

"네놈의 말은 앞뒤가 맞지 않는다. 어째서 마법사가 네 심중을 헤아려야 한단 말이냐. 바로 전에 네 입으로 마법사를 조건없이 해방시켜 준 거라고 말하지 않았던가?"

"하하하! 그냥 명분이 그렇다는 거지요! 세상에 대가없는 힘이 어디 있습니까?"

호운은 호탕하게 웃으며 힐끗 악터스를 쳐다봤다.

마법사들이 산속에 숨어 지내게 된 데는 악터스의 공이 아주 지대했다.

악터스는 고개를 약간 숙였을 뿐, 그답게 무뚝뚝한 표정을 유지했다.

사람들의 주의가 온통 호운에게 쏠려 있을 때였다.

피터가 순간적으로 뷜로 대공의 손을 뿌리치고 뛰쳐나갔다.

"누나!!"

당황한 사람들을 뒤에 남겨두고 피터는 무작정 마을 안으로 뛰어갔다.

그러나 얼마 가지 않아 금방 걸음을 멈추었다.

피터가 살던 나지막한 1층 집은 바로 이 근방에 있었다.

예쁜 문패가 달린 현관 입구에 20대 여인이 죽어 있었다.

목이 뒤로 꺾이고 엄청난 양의 피를 쏟아서 퍼렇게 말라 버린 상태였다.

그뿐 아니라 그새 쥐새끼가 두 눈알을 파먹어서 눈두덩이 퀭했다.

"으아아아아아악!!"

피터는 얼굴을 손톱으로 쥐어뜯으며 비명을 질렀다.

두 눈에 핏발이 섰다.

"이런, 아직 살아 있는 인간이 있었군요."

호운이 고개를 기우뚱하며 걸어왔다.

피터는 휙 고개를 돌려 호운을 노려보았다.

시뻘겋게 핏발이 서고 악만 남은 두 눈이 아주 섬뜩했다.

그러나 호운은 그걸 보고도 눈 하나 꿈쩍하지 않았다.

그는 어디까지나 부드럽게 말했다.

"부득이하게 제가 당신의 누님을 해치고 말았군요. 죄송합니다. 제가 사과드리지요. 이 정도로 사과를 받아들일 수 없다면 제가 당신의 누님을 되살려 드릴 수도 있습니다."

피터는 잠깐 멍해졌다.

숨만 헐떡인 채 멍하게 서 있었다.

"사, 살려낼 수 있다고?"

호운은 기꺼이 고개를 끄덕였다.

"물론이지요. 그녀를 되살려 내길 원하십니까?"

"살려줘요!!"

피터는 발작적으로 외쳤다.

상대가 누나를 죽인 흉수라는 사실조차 지금은 잊어버렸다.

누나가 없는 세상 따윈 상상조차 할 수 없었다.

차라리 이대로 누나와 함께 죽어버리는 게 나으리라.

그는 허겁지겁 달려가서 외쳤다.

"무엇이든 좋습니다! 무슨 짓이든 다 하겠습니다!! 영혼을 팔라면 팔게요! 누나를 살려주세요!!"

"자자, 진정하십시오. 당신에게 무슨 대가를 원하는 것은 아닙니다. 그저 한 가지 확인받을 것이 있습니다. 되살아난 당신의 누나는 전과 다소 차이가 있을 것입니다. 아마도 그녀는 조금 난폭하고 이기적인 성향을 보여줄 것입니다. 어떤 의미에서 그녀는 더 이상 당신의 누나가 아닐 수도 있지요."

호운은 피터의 머리카락을 쓰다듬으며 속삭였다.

피터는 눈물을 뚝뚝 흘리면서 더듬더듬 대답했다.

"아, 아무래도 조, 좋아요. 리, 릴리 누나가 살아날 수만 있다면."

사랑하는 사람을 잃은 자라면 누구라도 똑같이 대답할 것이다.

이번에도 그것은 다르지 않았다.

호운은 이미 예상했다는 듯이 대답이 채 떨어지기도 전에 싸늘한 주검으로 변해 버린 릴리에게 다가갔다.

그는 손목에 약간 상처를 냈고, 릴리의 입을 벌려서 그 안에 피를 떨어뜨렸다.

본디 필멸자가 어떻게 불사를 얻는지 그 원리는 정확하게 알려져 있지 않다.

피를 입 안에 머금기만 하면 되는 것인지, 위장에까지 도달해야 하는 것인지.

어쨌든 힘을 가진 자의 육신을 먹으면 그 상대는 영원한 생명을 얻고 다시 태어나게 된다.

우둑, 우두둑!

기괴한 소리가 나며 뒤로 돌아간 목이 제자리를 잡기 시작했다.

눈두덩이 부풀어 오르는가 싶더니 천천히 눈꺼풀이 올라가며 녹색 눈동자가 드러났다.

릴리는 사후경직까지 생겼던 손을 움직여 호운의 팔을 붙잡았다.

입을 열어서 손목에서 흘러나오는 피를 핥아 먹었다.

검게 썩어가던 양 볼에 점차 발갛게 생기가 돌기 시작했다.

기적과 다름 아닌 광경에 마법사들과 레논, 테오발트마저 할 말을 잃었다.

그때였다.

혀를 내밀어 호운의 피를 핥아 먹던 릴리가 갑자기 이를 드러냈다.

그녀는 호운의 팔목을 와락 물어뜯었다.

호운은 릴리를 걷어차서 팔뚝에서 떨어뜨렸다.

"아앗!"

그녀는 험하게 바닥을 나뒹굴었다.

그러나 금방 땅을 짚고 몸을 일으켰다.

내가 언제 죽었냐는 듯 그녀는 멀쩡한 얼굴을 하고 있었다.

"놀라셨습니까? 불사왕의 육신을 먹고 마족이 된 자를 '진성마족'이라고 합니다. 그리고 마족의 육신을 먹고 마족이 된 자를 '열성마족'이라고 부르지요. 마치 새끼를 치듯이 마족도 마족을 만들어낼 수 있답니다."

호운이 손을 여러 번 둥글게 그리며 애가 줄줄이 태어나는 시늉을 했다.

그때 릴리가 뽀로통한 표정을 지으며 말했다.

"아이, 너무하세요. 그런 식으로 걷어차는 법이 어디 있어요?"

"죄송하지만 당신에게 허락된 것은 두어 방울의 피뿐입니다."

"그러지 말고 조금만 더 주시면 안 돼요?"

"죄송하지만 불가합니다. 당신에게 준 만큼 제 것이 줄어드니까요. 당신이라면 당신의 피를 다른 사람에게 주겠습니까?"

"어머, 미쳤어요? 제가 왜 제 마력을 남에게 줘야 하죠?"

호운은 허허 웃으면서 마치 선생님처럼 설명했다.

"아주 솔직한 여성분이로군요. 이런 이유로 인해 열성마족이 양산되지는 않습니다."

그제야 릴리는 고개를 갸웃하며 주변 사람들에게 시선을 주었다.

그녀의 시선이 닿자 피터가 떨리는 목소리로 이름을 불렀다.

"리, 릴리 누나."

"피터!"

릴리는 바로 동생을 알아보았다.

그녀는 허리에 손을 얹고 화를 냈다.

"너 이 녀석! 대체 어딜 나다닌 거야? 내가 얼마나 걱정했는지 아니?"

"릴리 누나!"

피터는 다시금 눈물을 왈칵 쏟았다.

더 이상 아무 생각도 나지 않았다.

그는 무작정 누나의 품으로 달려갔다.

탁!

그러나 릴리는 손을 매섭게 휘둘러 피터를 내쳤다.

"세상에! 이제 보니 아주 끔찍한 꼬락서니를 하고 있구나. 역겨운 냄새를 풍기면서 어딜 끌어안으려고 드는 거야?"

피터는 잠시 멍해져서 제 옷을 내려다보았다.

며칠간 산을 헤매느라 온통 흙먼지가 가득 묻었고 퀴퀴한
냄새도 났다.

그녀가 한 말은 사실이긴 했다.

하지만 예전의 그녀였다면 똥물을 묻히고 왔어도 기꺼이
안아주었을 것이다.

피터가 얼떨떨해져 서 있는 동안 그녀는 자기 옷을 만졌다.

"어머, 남 이야기할 때가 아닌걸. 옷이 너무 더러워."

그녀는 피로 범벅이 된 셔츠를 갑자기 벗어젖혔다.

풍만한 젖가슴이 사람들 앞에 그대로 드러났다.

피터는 그야말로 숨넘어갈 듯이 놀랐다.

"누, 누, 누나!! 무슨 짓이야!!"

그녀는 반나체가 되어서도 조금도 부끄러워하지 않았다.

오히려 가슴을 손으로 끌어올리며 말했다.

"우후후, 뭐가 어때서? 내가 아름답지 않니?"

그녀는 혓바닥을 날름거리며 호운에게 다가갔다.

가슴을 바짝 밀착시키고 마치 창부처럼 아양을 떨었다.

"네에, 말씀해 보세요. 제가 아름답지 않나요? 저를 가지고
싶지 않으세요?"

호운은 자기 겉옷을 벗어서 그녀의 어깨에 걸쳐 주었다.

"죄송하지만 제가 보기보다 나이가 많은지라 통 성욕이 생
기질 않는군요."

"아잉, 저를 다시 한 번 보세요. 분명히 생각이 달라지실

거예요. 나의 주인님, 아니, 새아버지인가요?"

릴리는 호운의 가슴에 얼굴을 비벼댔다.

하지만 그 애교는 눈속임이었다.

그녀는 눈치를 보다가 호운을 뜯어 먹기 위해 달려들었다.

"캬악!!"

그러나 호운은 간단히 릴리를 저지하고 뒤로 밀어냈다.

그는 손뼉을 쳐서 주의를 끌었다.

"자자, 주의해 주십시오. 다시 한 번 제 앞에서 이를 드러 낸다면 아래턱을 뽑아버리겠습니다."

릴리는 이를 빠득 갈았다.

그러나 도저히 호운에게 당할 수 없다는 사실을 깨닫고 바로 살살 눈웃음을 쳤다.

"호호, 정색하시긴. 그냥 장난을 친 거예요."

"장난이든 아니든 관계없습니다. 그냥 제 경고를 귀담아들 으셨으면 좋겠군요."

릴리는 간이라도 빼줄 것처럼 살랑거리더니 고개를 돌려 피터를 보고는 아주 매서운 목소리로 소리쳤다.

"피터, 가서 갈아입을 옷을 가져와!"

"아."

"뭘 꾸물대고 있는 거야? 한심한 녀석! 넌 예전부터 뭐 하 나 제대로 할 줄 아는 게 없었지!"

릴리는 아주 신경질적으로 소리를 질렀다.

원래 그녀는 큰 소리 따윈 내지도 못하는 사람이었다.

벌거벗고 사내를 유혹하거나 등 뒤에서 교활하게 웃는 일
은 상상조차 할 수 없었다.

피터는 누나의 변화를 쉽게 받아들이지 못하고 굳어 있었
다.

그 모습을 보고 테오발트가 나섰다.

"뷜로 대공, 죄송합니다만 가서 옷가지를 갖다주시겠습니
까?"

"알았네."

뷜로 대공은 얼른 집 안으로 뛰어갔다.

릴리는 눈을 사납게 치켜뜨고 뜨고 테오발트를 노려보았
다.

"주인님, 대체 저놈들은 뭐 하는 놈들이지요?"

호운은 턱을 만지면서 잠시 동안 답을 찾았다.

"흠, 그러니까 마족을 물리치기 위해서 여행을 떠난 자들
입니다."

"예? 하하, 하하하하하하!!"

대답을 들은 릴리는 배를 잡고 웃기 시작했다.

그동안 뷜로 대공이 옷을 가지고 돌아왔다.

테오발트는 그것을 받아서 릴리에게 내밀었다.

"여기 있다."

순간 릴리는 웃음을 멈추고 손을 휘둘렀다.

날카로운 손톱에 옷가지가 갈가리 찢겨 나갔다.

"건방진 놈. 네놈의 그 눈빛이 마음에 들지 않아."

그녀는 테오발트의 목을 움켜쥐기 위해 손을 뻗었다.

하지만 쉽게 당할 테오발트가 아니었다.

카캉!!

흉측하게 자라난 손톱과 테오발트의 오라 블레이드가 뒤엉켰다.

릴리는 눈썹을 치켜 올렸다.

그 짧은 공방을 통해 상대가 생각보다 강하다는 것을 깨달았기 때문이다.

"제길, 귀찮게!"

릴리는 짜증을 내면서 왼쪽 손톱까지 길게 뽑았다.

테오발트도 그에 대응해서 자세를 잡았다.

그러나 릴리는 테오발트를 공격하는 척하다가 갑자기 방향을 바꿔서 근처에 서 있는 무고한 마법사를 공격했다.

마법사는 기겁을 해서 다급히 바람을 일으켜 몸을 감쌌다.

그는 일반 마법사가 아니라 강력한 힘을 가진 사해의 마법사였다.

그러나 그가 만든 회오리바람은 좀 전의 옷가지처럼 쉽게 찢겨 나갔다.

대륙에서 위대한 마법사인 양 들먹거리는 그는 사실 사해에서 마족의 뒤치다꺼리를 하던 일개 하인에 지나지 않았다.

당연히 마족의 힘을 이길 수 있을 리 만무했다.

눈 깜짝할 새에 마법사의 머리가 하늘 위로 팅겨 올랐다.

"흐아악! 누나!!"

다른 누구도 아닌 피터가 비명을 질렀다.

그는 거의 패닉에 빠져서 누나를 말리려고 했다.

그러나 릴리는 들은 척도 하지 않았다.

"아하하하!!"

그녀는 유쾌함에 몸부림치며 계속 손톱을 휘둘렀다.

살점을 잡아 뜯을 때마다 절정에 이른 것처럼 짜릿한 쾌감이 머리끝부터 발끝을 관통했다.

"누나!!"

"시끄러워!!"

그녀는 피터의 절규에 욕지기를 뱉어내며 또 다른 마법사의 머리통을 움켜쥐었다.

그리고 막 달려오던 테오발트에게 경고했다.

"움직이지 마!"

테오발트는 멈춰 설 수밖에 없었다.

그 모습을 보고 그녀는 킬킬 웃었다.

"과연 예상대로 반응해 주네?"

"마법사를 놔줘라. 너완 아무 관계도 없지 않느냐?"

"호호호! 잘 봐두려무나. 이놈이 지금 죽어가는 것은 전부네 탓이다. 네놈이 주제를 모르고 내 심기를 건드린 탓이란 말이다."

릴리는 손아귀에 힘을 주었다.

우드득!

당장에라도 으스러질 것처럼 끔찍한 소리가 났다.

"그러지 마! 누나! 누나!"

피터는 피를 토할 듯한 심정으로 사정했다.

"누나, 누나, 누나……. 입만 열었다 하면 그 소리로군. 지긋지긋한 애새끼 같으니!"

그러나 릴리는 잔혹한 눈으로 피터를 노려보았다.

빨간 혓바닥을 날름거리며 손가락에 더욱 힘을 주었다.

마법사가 고통을 이기지 못해 거품을 물기 시작했다.

열다섯 살 아이가 보기엔 너무도 끔찍한 광경이었다.

피터는 눈물을 펑펑 흘렸다.

믿을 수 없다.

이런 건 현실이 아니다.

"이런 건… 누나가 아냐……."

피터가 자신도 모르게 중얼거린 말에 릴리는 피식 웃었다.

"그게 무슨 소리니? 나는 틀림없이 네 누나 릴리란다. 성격이 좀 바뀌었다고 내가 네 친누나가 아니게 되는 건 아니잖니?"

"그, 그만 해, 누나. 그러지 마. 우리 누나는 이렇지 않아."

갑자기 릴리가 높게 웃음을 터뜨렸다.

우뚝 웃음을 멈춘 그녀는 혓바닥을 길게 빼내서 마법사의
얼굴을 핥았다.

"누나를 너무나 좋아하는 피터, 잘 들으려무나. 너는 릴리
누나를 좋아하는 게 아냐. 네가 좋아하는 건 말 잘 듣고 순종
적인 계집년이지. 그러니까 지금의 나를 누나로 인정할 수가
없는 거야!"

"아니야아!!"

피터는 비명에 가까운 고함을 질렀다.

아직 어린 피터는 그 말을 제대로 알아듣지 못했다.

그래도 너무나 가슴이 아팠다.

자신의 누나가 이런 짓을 저지를 리 없다.

그러나 끔찍한 환상이 지금도 계속 이어지고 있었다.

릴리는 피식 웃으며 들고 있던 마법사를 내던지고 피터에
게 다가갔다.

저 괘씸한 꼬마를 찢어 죽이기 위해서.

피터를 죽여 버리겠다고 결심하자 갑자기 오싹오싹 소름
이 돋고 오금까지 저렸다.

친 혈육의 목을 쥐어뜯는 상상을 하자 견딜 수 없을 만큼
흥분되었다.

그건 뭐라고 설명할 수 없는 본능에 의한 것이었다.

"컥!"

그때 호운이 릴리의 목을 움켜쥐었다.

단지 그뿐이었지만 그녀는 옴짝달싹도 못하게 되었다.

호운은 릴리를 제압한 채 부드러운 목소리로 피터에게 물었다.

"당신에게 다시 한 번 묻겠습니다. 누나를 되살려 내길 원합니까? 이런 거라도 좋으니 살아 있었으면 좋겠습니까?"

피터는 하염없이 눈물을 흘렸다.

"싫어……."

"그렇군요."

우둑!

호운은 릴리의 목을 뜯어냈다.

피터는 그대로 정신을 잃고 말았다.

"피터……."

테오발트는 검을 집어넣고 피터에게 다가갔다.

너무나 안이했다.

다리를 부러뜨리든 무슨 짓을 해서라도 꼬맹이를 기절시켰어야 했다.

저 끔찍한 족속과 단 한마디도 나누지 못하게 했어야 했다.

"테오발트님, 당신은 어떻게 생각하시는지요? 사악해진 피터의 누나는 더 이상 피터의 누나가 아니라고 생각합니까, 아니면 사악해졌더라도 어디까지나 그녀는 피터의 누나라고 생각합니까?"

호운이 유유히 걸어오면서 물었다.

테오발트는 호운을 노려보기만 했다.

대답은 하지 않았다.

아니, 어쩌면 대답하지 못했던 것일지도 모른다.

호운은 크게 웃었다.

"하하하! 그렇습니다! 그런 걸 누가 결정할 수 있단 말입니까!!"

호운은 천연덕스럽게 말하며 릴리의 시체를 끌고 왔다.

끔찍하게도 그는 릴리의 시신을 뜯어 먹으려 하고 있었다.

테오발트는 검을 바닥에 꽂고 일어났다.

놈의 역겨운 짓거리에 속이 뒤집힐 정도였다.

"알겠습니다. 불쾌하시다면 그녀의 몸에 손을 대지 않겠습니다."

호운은 바로 릴리를 바닥에 내려놓았다.

뒤로 멀찍이 물러난 뒤 그는 어깨를 들썩였다.

"그러나 마족의 육신을 그대로 내버려 두는 것은 좋은 선택이 아닌 것 같습니다. 이대로 두면 얼마 후 그녀의 살이 썩어서 땅 아래로 스며들 것입니다. 나무뿌리나 미생물 따위가 그녀의 피를 머금겠지요. 머지않아 이 부근에서 기형적인 생물들이 태어나기 시작할 것입니다. 이 산맥 전체가 온전히 마경으로 탈바꿈하는 것이죠."

"……."

기가 막힐 정도로 사악한 족속이었다.

이 사악한 것들은 죽어서 그 시체마저도 세상에 해를 끼쳤다.

"그럼 이 시체는 제가 처리하도록 하겠습니다. 여기에 제 피가 들어가서 솔직히 그냥 버리기 조금 아깝군요."

호운은 릴리의 시체를 어깨에 둘러메고 일어섰다.

잠시 뒤에 돌아오겠다는 말을 남긴 뒤 그는 어딘가로 사라졌다.

저것이 남달리 온건한 성향을 가졌다는 놈의 행태였다.

"끄, 끔찍하군. 어째서 '악마 같은 놈'이라고 욕을 하는지 알 것 같다."

레논이 테오발트의 옆자리에 앉으며 드물게 말을 더듬었다.

그만큼 이 상황은 충격적인 것이었다.

테오발트는 안쓰러운 마음에 레논의 어깨를 두드렸다.

"내가 괜히 널 데려왔구나."

그는 이어서 혀를 차며 피터의 머리카락을 쓰다듬었다.

"너는 이럴 때마저 사람을 애 취급하는군. 내가 저 꼬마와 동급인 거냐?"

"…글쎄다."

레논은 그 대답이 긍정에 가깝다는 것을 느낄 수 있었다.

아주 어처구니가 없었다.

그러나 반박할 수 없다는 것을 동시에 깨달았다.

그는 북부 최강의 소드 마스터였다.

그러나 마족이 나타난 이곳에서 그는 어린애와 별로 다를 바가 없었다.

사해의 마법사가 보여준 힘을 목격하고 충격을 받았을 때와는 비교도 할 수 없다.

아예 가진바 능력의 차원이 달랐다.

오랜 옛날 신마전쟁이 터졌을 때 세상의 모든 종족은 멸망의 끝자락까지 내몰렸다.

그때 대륙을 침공한 것은 앙브라스라는 이름의 마족, 단 하나였다.

그는 진작 그 뜻을 이해했어야 했다.

"잠깐 머리를 식히고 오겠다."

레논은 자리를 털고 일어섰다.

"너무 멀리 가지는 말아라."

그의 고뇌를 짐작하기에 테오발트는 말리지 않았다.

레논은 얼마 걷다가 뒤를 돌아보았다.

"한데 저 마족과 아무렇지도 않게 대화를 나누고 있는 네 정체는 대체 뭘까?"

"……."

테오발트는 아무런 대답도 않고 담뱃대를 꺼내 물었다.

레논은 더 캐묻지 않았다.

물어도 가르쳐 주지 않을 질문이었다.

그는 일행이 보이지 않는 곳까지 걷다가 커다란 나무가 보이자 그곳에 등을 기댔다.

머리를 식히는 것도 쉬운 일이 아니었다.

마을 어딜 가든 시체가 가득했다.

주위를 둘러보며 레논은 새삼스럽게 속이 울렁거리는 걸 느꼈다.

그때 소리 소문 없이 호운이 그의 등 뒤에 나타났다.

"……!!"

인기척을 느낀 레논은 깜짝 놀라 황급히 뒤돌아섰다.

하지만 호운은 줄곧 그래왔듯 여기서도 위협적인 태도는 취하지 않았다.

"테오발트님의 친구분이신 것 같던데, 맞습니까?"

"…그렇다."

대답을 들은 호운은 흥미로운 표정으로 레논을 관찰했다.

그는 갑자기 빙긋 웃었다.

"1년 전이었던가요? 그때도 테오발트님껜 친구가 있었습니다. 그러나 인간이란 게 원체 약한 생물이다 보니 얼마 못 살고 금방 죽어버렸던 모양입니다. 그때 테오발트님은 절친한 친구가 죽어가는 것을 그냥 지켜보기만 했습니다. 그럼 이번에는 테오발트님이 어떻게 하실 것 같습니까? 그분은 과연 당신을 그냥 죽게 내버려 둘까요, 그렇지 않으면……."

호운은 말끝을 흐리고 턱을 매만졌다.

"으음, 지나친 참견이었던 것 같군요. 그런 상황이 안 올지도 모르는데."

그는 유유히 그곳을 떠났다.

레논은 못 박힌 것처럼 오랫동안 그 장소에 머물러 있었다.

"왔느냐?"

테오발트가 물었으나 레논은 대답없이 쭈그려 앉았다.

잠시 뒤 호운이 되돌아왔다.

릴리의 시체는 어찌했는지 보이지 않았다.

"죄송하지만 테오발트님, 지금부터는 단둘만 걸었으면 합니다."

테오발트는 담뱃재를 털어내며 대꾸했다.

"내가 뭘 믿고 네놈과 단둘이서 나들이를 간단 말이냐."

"걱정 마십시오. 거듭 말씀드렸으나 저는 그저 당신과 대화를 하고 싶을 뿐입니다."

"하기 싫다면?"

호운은 주위를 둘러보았다.

"둘만 남을 수 있게 나머지 불필요한 자들을 제거하겠습니다. 하지만 저는 번거로운 행동을 하고 싶지 않고 테오발트님도 무고한 생명이 다치는 것을 원치 않으시리라 믿습니다."

레논이 갑자기 테오발트의 어깨를 붙잡았다.

테오발트가 무슨 반응을 보이기도 전의 일이었다.

"뭐지?"

"혼자 갈 생각이잖아. 그래서 뜯어말리는 거다."

레논은 어깨를 더욱 강하게 쥐었다.

"네가 과거에 어떤 녀석이었는지 나는 잘 모른다! 하지만 지금은 저자를 제압할 만한 힘을 가지고 있지 않잖아! 어차피 이렇게 된 거 한꺼번에 덤비자고!"

레논은 호운을 노려보며 강한 의지를 표했다.

테오발트는 길게 담배 연기를 뱉어냈다.

그는 느릿느릿 엉덩이를 털면서 일어났다.

"혼자 덤비나 한꺼번에 덤비나 눈 깜빡할 새에 몰살당하는 건 다를 바가 없다. 기다리고 있어라. 저놈이 무슨 작당을 꾸미고 있는지 내 한번 보고 오마."

레논은 인상을 썼다.

"진짜로 죽을 수도 있어. 뭘 믿고 그렇게 태연한 거냐?"

"어떻게든 되겠지. 매사에 긍정적인 것이 내 장점이다."

"무신경한 거겠지!!"

테오발트는 레논의 어깨를 툭툭 쳤다.

그리고 호운을 보며 말했다.

"네 말대로 하겠다. 하지만 시종은 데려갈 것이다."

"알겠습니다. 그것까지 막을 수는 없겠군요."

레논과 일행을 뒤에 남겨두고 테오발트는 호운이 안내하

는 대로 걸음을 옮겼다.

쿠르트가 조용히 그 뒤를 따랐다.

호운은 마을을 지나서 숲 깊숙한 곳으로 계속 걸어 들어갔다.

"어딜 자꾸 가는 것이냐?"

호운이 갑자기 어깨를 들썩거렸다.

테오발트는 인상을 썼다.

"뭐지?"

"정말이지, 왕께서 힘을 잃어버렸을 거라곤 상상도 못했습니다. 왕께서 자취를 감춘 뒤로도 어디선가 감시를 하고 있을까 봐 쉽게 금령을 어기지 못했죠. 80년 동안 대륙을 침략한 마족이 하나도 없었단 말이죠. 참 대단하지 않습니까?"

"내가 강하긴 강했던 모양이지. 네놈들이 그렇게 몸을 사리는 걸 보면."

"강했고말고요. 왕께서 큰 소리를 치면 저희들은 자다가도 벌떡 일어나서 두려움에 떨었습니다."

"그런데 뭐 하러 날 찾아다닌 거지? 나는 네놈들의 자유를 억압하는 방해물이 아닌가?"

호운은 크게 한탄했다.

"불사왕이시여, 모든 마족들은 끝없이 힘을 갈구합니다. 강해지기 위해서는 왕의 피와 살이 필요하지요. 저희들은 결국 왕의 뒤꽁무니를 쫓아다닐 수밖에 없습니다."

테오발트는 코웃음만 쳤다.

"내 질문에 아직 대답하지 않았다. 어딜 가는 거냐?"

"조금만 더 참아주시겠습니까. 이 근처니까요."

30분가량을 더 걸어 어느 가파른 벼랑 아래에 도착했다.

호운은 벼랑을 올려다보다가 그곳으로 손을 뻗었다.

드드드드!

갑자기 진동이 일면서 나무뿌리와 흙더미가 떨어져 나가기 시작했다.

잠시 뒤 벼랑 앞에 작은 입구가 나타났다.

"아주, 아주 오래된 유적입니다. 제가 유래를 파악할 수 없을 정도로 말입니다."

"그렇게 오래된 유적이 어떻게 지금까지 유지되고 있는 거지?"

"제가 발견해서 지금까지 공들여 보존하고 있었기 때문입니다. 사실 근처에 살던 마법사들을 죽여 버린 것은 바로 이것 때문입니다. 왕께 이 유적을 보여드리려고 하는데 좀 거치적거릴 것 같더군요."

"좀 거치적거려서 죽였단 말이지……."

"화내실 줄 알았습니다. 하지만 제겐 아주 중요한 문제였습니다. 작은 흠도 용납하고 싶지 않았을 만큼 말입니다."

그는 성큼 동굴 안으로 들어갔다.

유적이라고 말했지만 그곳은 말 그대로 동굴이었다.

그냥 마구잡이로 굴을 파놓은 모양새로 길이 하나로 길게
이어지고 있었다.

"투박하지요? 여기가 무너지지 않게 보존하는 것만으로도
버거워서 그렇습니다. 유적을 유지하는 것까진 쉬운데, 아시
다시피 저는 금령에 묶여서 대륙을 함부로 드나들 수 없으니
까요."

두 사람은 20분을 더 걸었다.

좁은 길이 갑자기 넓어졌다.

산 깊숙한 곳 지하에 어마어마한 크기의 공간이 있었다.

고개를 높이 쳐들어야 할 만큼 높았고, 아래로 이어지는 계
단을 한참 내려다봐야 할 정도로 깊었다.

또한 한 번에 다 돌아볼 수 없을 거대했다.

지금까지완 달리 그곳엔 아직 과거의 흔적이 남아 있었
다.

경건하게 하늘을 가리키는 신상으로 보아 과거엔 신전이
아니었나 싶다.

계단을 내려가면서 호운이 갑자기 입을 열었다.

"천 년, 이천 년, 그리고 어느덧 만 년……. 나이를 너무 먹
어서 그런지 누굴 죽여도 별다른 희열이 느껴지질 않더군요.
이번이 특별한 경우였을 뿐, 저는 지난 삼백 년 동안 단 한 번
도 살인을 한 적이 없습니다. 왕의 피를 얻어 강해지고 싶다
는 생각도 딱히 들지 않습니다. 육신은 여전히 정정한데 영혼

이 낡아 부스러져 가는 것인가 하는 생각이 들더군요. 저희들은 이런 꼴이 되어서도 왕처럼 영원불멸할 수가 없는 것입니다."

호운은 정말로 안타까운 표정으로 말했다.

이윽고 동굴의 가운데에 도착했다.

여섯 방위에 정체를 알 수 없는 신상이 나란히 서 있었다.

바닥에도 기이한 문양이 잔뜩 쓰여 있었다.

테오발트는 문양 가운데로 걸어갔다.

"수많은 도형이 이곳으로 이어지는군. 무슨 힘을 집약시키는 장치 같은데?"

"역시 통찰력이 있으시군요. 추측이 맞았습니다."

호운이 고개를 끄덕이며 북쪽에 위치한 신상으로 걸어갔다.

그리고 둥근 모양의 홈에 돌조각을 끼워 넣었다.

순간 투명한 기둥이 치솟아 올랐고, 테오발트는 그 안에 갇히고 말았다.

테오발트는 인상을 쓴 채 기둥을 노려보았다.

그리고 주먹으로 쿵쿵 두드렸다.

꿈쩍도 하지 않았다.

"그냥 대화만 나누길 원한다고 하지 않았나?"

"하하, 마족이 하는 말을 믿으면 안 되지요. 이렇게 쉽게 속일 수 있는 걸 보니 기억을 잃어버렸다는 말이 진짜인 모양이로군요."

"……."

자기가 생각해도 멍청한 짓을 한지라 테오발트는 입을 다물었다.

그때 호운이 갑자기 팔을 배 아래에 대고 매우 정중한 자세로 머리를 조아렸다.

"왕이시여, 그간 얼마나 고독하셨나이까. 사랑하는 이들이 죽어가는 것을 지켜보면서 영원에 가까운 세월을 살아가는 것은 아주 고통스러운 생이었을 것입니다. 왕께서 죽음을 바라고 있다는 것을 알고 있습니다. 제가 바로 지금 왕의 소원을 들어드리겠습니다."

"그런 거 원한 적 없다."

테오발트는 어이가 없어서 대꾸했다.

호운은 들은 척도 않고 북서쪽에 위치한 신상으로 걸어갔다.

"왕께서는 분명히 죽음을 원하고 계십니다. 잘 계시다가 난데없이 권능을 잃어버린다거나 기억을 잃어버리는 이유가 무엇입니까? 힘을 억눌러서 죽음의 안식을 얻으려는 것이 아닙니까?"

"아닐걸."

몇 번이고 위기에 몰렸을 때 살아남겠다고 얼마나 발버둥을 쳤던가.

죽고 싶었으면 그때 그냥 목을 들이밀었을 것이다.

"저는 만년장로로서 오랫동안 왕의 곁을 지켜왔습니다. 영원한 삶이란 아주 고독한 것입니다."

호운은 신상에 똑같이 돌조각을 밀어 넣었다.

땅이 작게 떨리는가 싶더니 낯익은 힘이 주위 공간을 채우기 시작했다.

테오발트는 눈을 가늘게 떴다.

"신성력?"

"바로 맞히셨습니다."

"멍청한 짓을 하는군. 나는 사악한 네놈들과 달라서 성력에 거부반응을 일으키지 않는다."

호운은 다음 신상으로 걸어가며 말했다.

"알고 있습니다. 왕이 가진 마력과 마족이 가진 마력은 같지 않습니다. 본디 정결했던 힘은 인간 등에게 흘러들어 가서 더럽고 사악한 것으로 변질되어 버리지요. 깨끗한 물과 흙이 섞인 물이 같지 않은 것과 비슷한 이치입니다. 그래서 마족은 성력과 반발하지만, 왕께서는 성력과 반발하지 않습니다."

세 번째 신상과 네 번째 신상에 돌조각을 끼우면서 그는 이야기를 계속했다.

"신은 사랑과 평화를 가르치지만 한편으론 멸망과 공포를 가르치기도 합니다. 신이 멸망을 거부했다면 세상 사람들은 처음부터 죽음일랑 모르는 영원한 존재로 만들어졌을 것입니다. 창조모신은 하늘과 땅을 만들면서 세상의 모든 것이 반드시 멸절할 것이라고 으름장을 놓기도 하였습니다. 저는 바로 이 점에 착안해서 신성력을 이용해 왕께 죽음을 선사해 드리기로 했습니다. 이걸 보십시오. 드디어 염원이 이루어지는 순간입니다!'

"그런 거 원한 적 없다고 했을 텐데?"

다섯 번째 신상을 완성했을 때 성력의 농도가 눈에 띄게 짙어져 있었다.

호운은 이윽고 여섯 번째 신상 앞에 도착했다.

조각을 끼우기 전에 그는 테오발트를 똑바로 응시했다.

시선이 마주쳤다.

테오발트는 그 눈을 알고 있었다.

노회한 회색 눈동자는 자주 상대의 속을 꿰뚫어 보곤 했다.

"그건 거짓말입니다."

호운은 마지막 조각을 꽂아 넣었다.

순간 여섯 개의 신상을 중심으로 어마어마한 양의 신성력이 모여들었다.

테오발트는 머리를 짓누르는 엄청난 압력을 느꼈다.

"크… 윽!!"

힘껏 깨문 잇새로 저절로 신음이 흘러나왔다.

그러나 이제 시작일 뿐이었다.

우웅!!

하나둘 하얗게 빛무리가 생기기 시작했다.

성력을 가득 머금은 빛무리는 천천히 춤을 추듯이 움직였다.

테오발트를 중심을 두고 사납게 회오리쳤다.

그 여파로 인해서 이내 눈앞이 보이지 않고 아무것도 들리지 않게 되었다.

휘황찬란하고 아름다운 빛이 동공을 가득 채웠다.

마치 이 지상에 황홀한 종말이 닥친 듯하였다.

*   *   *

오랫동안 동공을 가득 채웠던 성력이 물러났다.

호운은 그러고도 한참 후에 눈을 떴다.

마법진의 가운데에 테오발트가 쓰러져 있었다.

차갑게 식은 몸에서 검붉은 피가 흘러나와 바닥을 축축하게 적셨다.

호운은 천천히 걸어서 구둣발로 피의 감촉을 느꼈다.

실로 만족스럽고 흐뭇해서 미소가 흘러나왔다.

"당신께서 창세로부터 바라 마지않던 죽음입니다. 미력한 소신이 왕의 소원을 들어드리게 되어 실로 영광이나이다."

그때 오라를 머금은 검이 호운을 가슴을 뚫고 튀어나왔다.

그는 뒤를 돌아보았다.

쿠르트가 검으로 그의 등을 찌르고 있었다.

"과연… 왕……. 하인까지 오라 블레이드를 사용하는군
요……."

쿠르트는 검을 가슴에 꽂은 채 힘껏 그었다.

그리고 쉴 틈을 주지 않고 연이어 그를 공격했다.

호운은 깊은 상처를 입고 크게 비틀거렸다.

그러나 느릿하게 고개를 숙인다거나 대충 한 걸음 물러나
는 것으로 쉽게 쿠르트의 검을 피했다.

잠시간의 여유를 얻자 호운은 손가락을 약간 움직였다.

순간 진공상태가 된 것처럼 쿠르트의 몸이 둥실 떠올랐다.

그리고 2미터 거리에 위치한 짐승 모양의 석상까지 날아가
처박혔다.

콰앙!!

충돌하는 순간의 충격이 어찌나 컸는지 돌로 만들어진 석
상이 산산이 부서졌다.

"커헉! 쿨럭쿨럭!"

바닥에 처박힌 쿠르트는 몸을 일으키다가 잔기침을 하며
피를 조금 토했다.

호운은 그 광경을 멍하니 쳐다보았다.

건성으로 보아 넘겼던 하인이 테오발트와 똑같이 생겼다
는 것을 깨달았기 때문이다.

머리카락으로 얼굴을 가리고 있었다고는 하나, 그 정도로 닮은꼴이라는 걸 숨길 수는 없었다.

닮았다는 것은 인식을 하지 못하게 마법이 걸려 있었음이 분명했다.

"너는… 대체 뭐지……?"

쿠르트에게 온통 신경이 빼앗겨 있었기에 호운은 다른 이의 인기척을 잠깐 놓쳤다.

"너무 방심하는군."

테오발트가 호운의 등에 검을 찔러 넣었다.

이번엔 정확히 심장을 꿰뚫었다.

"아, 어째서!"

호운은 테오발트가 살아 있는 것을 보고 크게 탄식했다.

"내가 생각해도 나는 정말 명줄이 길구나. 안타깝게도 네가 고안한 방식은 실패한 모양이다."

테오발트는 얼굴 한쪽에 묻은 피를 훔치며 말했다.

호운은 가슴에 검을 꽂은 채 뒷걸음질을 쳤다.

반쯤 부서진 벽에 그 뒤를 가로막고 있었고, 그는 막다른 곳에 부딪치자 바닥에 주저앉고 말았다.

"이 순간을 위해 만 년이나 시간을 투자했거늘!"

"만 년짜리 음모치곤 확실히 결과물이 시시하군."

테오발트는 허리춤을 보여주었다.

반년 전에 얻은 상처가 벌어져서 피가 철철 흐르고 있었다.

그래 봤자 마력을 얼마간 되찾은 현 상태에서는 별로 대단치도 않은 상처다.

테오발트는 검으로 호운의 목을 겨누었다.

그러나 호운은 날카로운 검에 눈길도 주지 않았다.

"안타깝습니다. 역시 제 주제로는 왕의 염원을 이루어 드릴 수가 없는 게로군요."

"누가 부탁하더냐?"

"쿨럭! 왕을 죽여드리지 못해서 정말 죄송합니다."

"그런 거 원한 적 없다."

이야기하는 와중에 호운의 입술에서 한줄기 피가 흘러내렸다.

조금씩 숨소리도 가늘어졌다.

호운은 파리한 얼굴로 힘들게 숨을 들이켰다.

"왕을… 죽이지 못하고 세상을 떠나는 것이… 가장 아쉽습니다……. 적적하시더라도 부디… 옥체 보중하십시오……."

그것이 마지막이었다.

불규칙적으로 이어지던 숨소리가 완전히 멈췄다.

테오발트는 잠시 상태를 지켜보다가 호운에게 다가갔다.

손으로 맥을 짚어보고 축 늘어진 팔다리를 이리저리 흔들어본 뒤에야 결론이 났다.

"죽었군."

테오발트는 왈칵 인상을 썼다.

"사해의 마법사 녀석이 위아래로 두 토막이 난 상태로도 멀쩡히 말을 했는데, 심장에 구멍 좀 뚫렸다고 죽어?"

"그는 생의 욕구나 집착을 거의 상실한 상태였습니다. 숨이 끊어지기 전에 얼마든지 심장의 구멍을 메울 수 있었지만 그는 그렇게 하지 않았습니다."

쿠르트가 말했다.

만년장로라 불리는 최고위 마족에게 그깟 상처가 문제이랴.

호운이 제 실력을 냈다면 애초에 쿠르트나 테오발트의 검에 상처를 입지도 않았을 것이다.

"나는 마족이 자살하는 광경을 목격한 셈인가?"

테오발트는 황당함을 감추지 못했다.

마족에 대해 모든 것을 아는 건 아니지만 흔히 일어나는 일이 아니라는 것은 알 수 있었다.

그는 혀를 차며 바닥에 쭈그려 앉았다.

호운의 시체를 쳐다보며 습관적으로 담배를 꺼내 물었다.

담뱃잎이 전부 타서 없어질 때까지 그 자세로 있었다.

사방이 매우 조용했다.

바람 소리마저 숨을 죽였다.

테오발트는 자신도 모르게 손을 뻗었고 호운의 눈을 감겨주었다.

"조금 적적할지도 모르겠구나… 호운."

테오발트는 새로운 담뱃잎을 집어넣어서 불을 피웠다.

입구 쪽에서 인기척이 느껴졌다.

엄청난 양의 신성력이 근방을 한차례 휩쓸고 지나갔으니 레논이나 일행이 그 기척을 느끼고 달려오는 것이라고 생각했다.

새 담배를 입에 물었을 때다.

번쩍!

어디선가 한줄기 빛이 날아왔다.

테오발트를 노린 것은 아니지만 담뱃대가 흔적도 없이 날아갔다.

꼬리 부분만 남은 담뱃대를 쳐다보며 그는 눈살을 찌푸렸다.

'새로 산 지 얼마 되지도 않았거늘.'

"다음엔 위협으로 끝나지 않을 것이다."

테오발트는 목소리가 들려온 방향으로 고개를 들었다.

그를 위협한 것은 젊고 아름다운 여인이었다.

땅에 끌릴 정도로 긴 머리카락을 가지고 있었는데 색이 신기하게도 반투명한 하늘색이었다.

게다가 귀는 길고 끝이 뾰족했다.

특이한 외모를 가진 그녀는 다시 한 번 활시위를 당겨 테오발트를 겨냥했다.

활에는 금속 촉이 박힌 화살 대신 백색 빛이 서려 있었다.

"빛의 신궁 가르시아."

테오발트는 쉽게 여인의 정체를 파악했다.

"그렇다면 그쪽은 요정족의 공주 엔하겠군. 이런 곳에서 신마전쟁의 세 영웅 중 하나를 만나게 될 줄이야."

엔하는 묵묵히 활시위를 당길 뿐이었다.

그녀는 아름다운 얼굴이 아까울 정도로 처음 등장했을 때부터 지금까지 줄곧 무표정을 지키고 있었다.

"여기서 무엇을 하고 있었나? 사해의 마법사들을 모으는 이유가 무엇인가? 답하라."

"이야기는 천천히 하죠."

테오발트는 입구를 가리켰다.

레논과 몇몇 마법사가 당도하고 있었다.

*　　　　*　　　　*

시녀들이 분주하게 오가며 보석과 옷가지를 가져오고 머리를 손질했다.

풍성한 금발의 반을 들어 올리고 나머지 반은 웨이브를 주어서 양어깨로 늘어뜨렸다.

드레스는 짙은 녹색 바탕에 아름다운 문양의 자수가 가득 들어간 고급스러운 것이다.

이윽고 모든 준비가 끝났다.

에스트리트는 인상을 잔뜩 쓴 채 자신의 모습을 거울에 비추어보며 인상을 잔뜩 썼다.

어디가 마음에 들지 않으셨던 걸까. 시녀들은 서로의 얼굴을 쳐다보며 눈치를 보았다.

시녀장 테리아가 넌지시 말을 걸었다.

"공주님, 그렇게 찡그리고 계시면 얼굴에 주름살이 생깁니다. 어디가 그렇게 기분이 나쁘신가요?"

에스트리트는 손을 저었다.

"아, 옷이 마음에 들지 않는 것이 아니에요. 테오발트님을 생각하느라고 그랬어요."

사이가 틀어진 뒤 지금껏 소식 하나 없다.

머리를 숙이고 사과를 해도 화가 풀어질까 말까 한데.

테리아는 이미 자초지종을 대충 알고 있었다.

그녀는 고개를 휘휘 저었다.

"정말 무례한 사람이군요."

"테리아, 전 태어나서 이런 모욕은 처음 겪어보는 것 같아요."

"화를 푸세요, 공주님."

"그럴 수가 없어요! 저, 너무 화가 나요! 내가 무엇이 모자라요? 그깟 남작 가문의 계집애 따위가 뭐가 대단하다고!"

크게 성을 내던 에스트리트는 화들짝 놀라서 테리아와 시녀들을 쳐다봤다.

그녀는 얼굴을 붉히고 몹시 당혹스런 얼굴로 말했다.

"바, 방금 그 말을 취소예요. 시, 실수예요. 절대 그에게 말하면 안 돼요?"

모두가 공주의 직속 시녀들인데 누가 그걸 테오발트에게 가서 일러바친단 말인가.

테리아가 말했다.

"당연하죠. 걱정 마세요."

확답을 듣고도 에스트리트는 쉽게 진정하지 못했다.

어쩔 줄 몰라 하던 그녀가 제풀에 외쳤다.

"알아요! 내가 잘못했다고요! 이런 말을 하다니 나 같은 건 경멸받아도 싸요!!"

"공주님, 말도 안 됩니다."

테리아는 정색을 했지만 내심은 조금 웃고 있었다.

에스트리트는 성격이 아주 당차고 머리가 좋아서 쉽게 빈틈을 보이지 않는다.

이런 모습은 정말 오랜만이었다.

"공주님, 그러지 마세요. 전부 그놈이 나쁜 거라고요."

"공주님, 힘내세요! 그런 놈 따윈 공주님 쪽에서 차버리세요!"

시녀들도 모두 에스트리트의 편을 들었다.

에스트리트가 겨우 진정하자 테리아가 한 가지 가설을 들었다.

　"흠, 어쩌면 그분은 공주님의 관심을 끌기 위해 일부러 찾아오지 않고 무심한 척하는 것일지도 몰라요."

　에스트리트는 꿍하게 의자에 앉아 잠깐 생각했다.

　얼마 후 그녀는 휘휘 고개를 저었다.

　"테오발트는 그런 성격이 아니에요. 사람이 얼마나 뻔뻔하다고요."

　"그런 뻔뻔한 사람을 왜 좋아하세요! 차버리세요!"

　"맞아요! 그놈에게 공주님은 너무 과분해요!!"

　이야기를 주워듣던 시녀들이 더 흥분해서 외쳤다.

　테리아가 말했다.

　"그럼 이야기의 방향을 바꿔보죠. 공주님은 당신께 이렇게 무심한 사내를 처음 만나셨어요. 공주님, 잘 생각해 보세요. 바로 그 탓에 그분에게 눈을 떼지 못하고 있는 걸지도 몰라요. 혹시 그분이 순순히 공주님께 사랑한다고 말했다면 공주님은 지금만큼 그에게 안달 내지 않았을지도 모르죠."

　"그건……."

　에스트리트는 불만스러운 표정을 했다.

　그러나 반드시 아니라고 할 수도 없었다.

　테오발트가 연락을 끊은 뒤로 그녀는 더욱 안달복달하기 시작했다.

　물론 무례한 행동에 화가 난 탓도 있지만.

미간에 잔뜩 주름을 만들고 끙끙거리던 에스트리트가 벌떡 일어났다.

"솔직히 잘 모르겠어요. 에잇! 그냥 쇼핑이나 나가요! 이참에 스트레트를 풀어야겠어요!"

"그렇게 하십시오, 우리 공주님."

테리아는 빙그레 미소를 지으며 외출 준비를 하라고 일렀다.

에스트리트는 수도 중심가에 가장 잘나가는 옷가게를 방문했다.

공주님의 행차에 지배인까지 나와서 여러 가지 상품들을 보여주었다.

"어머나, 정말로 잘 어울리셔요!"

"이렇게 화려한 색감이 들어간 옷까지 잘 소화시키시는군요! 과감하게 이 물건을 구매해 보시는 것은 어떠신지요?"

종업원들은 연신 예쁘다는 말을 연발했다.

옷을 팔려고 입바른 말을 하는 것이 아니다.

스톰폴트 최고의 미녀라고 추앙받는 여성이니만큼 뭘 입어도 정말로 잘 어울렸다.

그들은 물건을 팔면서 눈요기까지 겸하게 된 셈이었다.

에스트리트는 이것저것 물건을 고르다가 문득 남성용 물품 앞에서 걸음을 멈추었다.

검은색의 단정한 정장이었다.

"아, 이거 테오발트님에게 잘 어울리겠다."

자신도 모르게 중얼거린 그녀는 순간 얼굴을 화끈 붉혔다.

그녀는 아무거나 대충 골라서 황급히 가게를 나섰다.

"공주님, 만난 지 얼마 되지도 않은 사람이 어째서 그렇게 좋으세요?"

테리아가 한숨을 쉬며 물었다.

에스트리트는 이참에 진지하게 그 질문에 대해 생각해 보았다.

그녀는 원래 부드러운 남성보다는 유쾌하고 자신만만한 남성을 좋아했다.

어디로 튈지 모르는 독특한 성격을 가지고 있다면 더욱 좋다.

그런 면에서 테오발트는 그녀의 이상형에 가까웠다.

하지만 그것 때문에 그를 좋아했던 것은 아닌 것 같다.

원래 이런 감정은 명쾌하게 단정 내릴 수 없는 것이다.

겨우 한 달밖에 지나지 않았건만 그녀는 어느 사이 그를 좋아하게 되어버렸다.

마음이 동했기에 테오발트가 내밀었던 손을 잡아버렸다.

"테리아, 생각해 봤는데 아무래도 저는 그를 정말 좋아하는 것 같아요."

"예."

에스트리트는 고개를 높이 들어서 하늘을 올려다보았다.

숨을 가득 들이쉬고 용기를 끌어냈다.

"테오발트님이 돌아오면 가장 먼저 어째서 연락을 하지 않았느냐고 추궁하겠어요. 그리고 그를 반드시 제 것으로 만들어 버리고 말겠어요. 테리아가 말려도 소용없어요."

테리아는 미소를 지었다.

"소인이 어찌 공주님께서 결정하신 일에 방해를 할 수 있겠어요."

그녀가 얼마나 명민하고 뛰어난 여성인지 다른 누구보다도 테리아가 가장 잘 알았다.

에스트리트는 결코 어리석은 일은 벌이지 않을 것이다.

그렇다면 옆에서 힘껏 보필하는 것이 테리아의 큰 임무이리라.

시녀들도 스스로 협조를 약속했다.

"공주님, 그때 도와드릴 일이 있으면 꼭 부르세요."

"저희들도 힘껏 협력할게요. 그분의 옆에 찰싹 달라붙어 있는 시종이 하나 있던데, 저희들이 꼬여내 볼까요?"

에스트리트는 기꺼이 그녀들의 호의를 받아들였다.

거리를 거니는 동안 여자들 특유의 수다가 한참을 이어졌다.

그때 상가의 지붕에서 그 모습을 지켜보는 눈이 있었다.

고급스러운 정장을 차려입은 사내는 서열 100위 안에 드는 고위 마족 그류페인이었다.

그는 에스트리트를 관찰하다가 갑자기 미간에 주름을 세웠다.

"정말로 호운님이 죽은 건가? 스스로 목숨을 끊다니, 어이가 없군."

"그냥 잊어버리십시오. 원래 약간 맛이 간 놈 아니었습니까? 에이, 불사왕이 진짜 힘을 잃었는지 확인해 보고 싶었는데 끝까지 도움이 안 된단 말이야."

약간 키가 작은 사내, 노비아가 대꾸했다.

"맛이 간 놈이라……."

듣고 있기가 가소로워 그류페인은 입꼬리를 올렸다.

만년장로의 힘을 직접 경험하지 못한 놈이니 저렇게 지껄이는 것도 가능하다.

"그래, 어쨌거나 윗대가리가 사라지는 건 아주 바람직한 현상이지. 덕분에 내 서열이 하나 올라갔으니."

"호호호호!"

경쾌한 여인들의 웃음소리가 지붕까지 들려왔다.

노비아는 엉덩이를 들썩거리며 에스트리트를 가리켰다.

"그런데 언제까지 이렇게 지켜보기만 하실 작정이십니까? 확실한 정보입니다. 불사왕은 저 계집을 마음에 두고 있습니다."

"흠……."

"저년을 잡아서 껍질을 벗긴 뒤 왕이 어떻게 행동하는지 지켜보죠. 힘을 잃었는지 어쨌는지 확실히 알 수 있을 겁니다. 제가 보기에 왕은 확실히 힘을 잃었어요."

그류페인은 턱을 짚은 채 여전히 결단을 내리지 못하고 있었다.

노비아는 안달이 나서 그를 졸랐다.

"명령만 내려주십시오. 제가 계집 하나는 정말 잘 다루지 않습니까? 제가 저년을 끝내주게 요리해서 그류페인님을 아주 즐겁게 해드리겠습니다."

"천박한 놈, 그만 닥쳐라. 도무지 일의 경중을 파악하지 못하는군. 왕이 총애하는 계집에게 손을 댔다가 혹시라도 일이 잘못되면 곱게 죽지도 못해."

"어차피 여기까지 나오지 않았습니까? 사해를 벗어난 것도 충분히 사형감입니다."

"그거야 안 들키면 되는 게고. 이것과는 차원이 다르다."

노비아는 더 참지 못하고 버럭 소리를 질렀다.

"언제까지 겁에 질린 쥐새끼처럼 눈치만 보고 계실 작정이십니까! 그렇게 불사왕이 무섭습니까?"

큰소리를 쳤지만 노비아는 금방 움츠러들었다.

그는 넙죽 엎드리고 용서해 달라고 빌었다.

가끔씩 실언을 해도 자존심을 아주 내놓고 굽실대면 용서를 받을 수 있었다.

그류페인은 피식 웃으며 노비아의 머리를 질근질근 밟았다.

"오냐, 개처럼 짖어보아라. 밟는 맛이라도 없으면 어디에 열성마족 따윌 써먹으랴."

"……"

노비아는 겉으로는 웃되 안으로는 어금니를 으득 깨물었다.

열성마족은 사해에서 가장 비천하고 열등한 족속으로 취급받았다.

인간들이 태생으로 멸시받는 것처럼 마족들 간에도 비슷한 풍경이 벌어지곤 했다.

물론 그 강도는 더욱 심했다.

그류페인은 조소를 멈추지 않았다.

"천박한 것, 너 같은 놈이 왕의 힘을 알 리가 없지."

"저도 불사왕이 엄청나게 강하다는 것 정도는 압니다. 하지만 지금은 상황이 다르지 않습니까?"

"네놈은 아무것도 모른다. 네놈은 왕으로부터 마력을 얻지 않았기 때문이지."

그류페인은 살짝 마른 혓바닥을 날름거렸다.

"왕의 피를 맛보는 건 마치 끝이 보이지 않는 바다에 입술을 살짝 담근 것과 같은 기분이다. 불사왕은 셀 수 없이 많은 마족을 만들었고 끊임없이 자신의 피와 마력을 나누어 주었다. 그런데 그가 과거에 비해 약해졌더냐? 아무리 퍼줘도 마르지 않는 것이다. 왕의 권능은 지상의 흙과 공기보다도 무한하다. 하늘 위의 태양보다도 절대적이지."

"그러나 지금은 힘을 잃었습니다!! 당신은 수줍은 계집애처럼 겁에 질려 있어요!!"

노비아는 눈을 치켜뜨고 말했다.

그류페인은 개의치 않고 긴 옷자락을 걸었다.

"나는 일단 시간을 두고 지켜보겠다. 네놈도 적당히 주제 파악을 하는 게 좋을 게다. 하긴 그 열등한 뇌로 똥오줌이나 제대로 가리면 다행이지."

잔뜩 조소를 던진 뒤 그는 모습을 감추었다.

쾅!!

노비아는 주먹으로 지붕을 내려쳤다.

"빌어먹을! 저야말로 뒤에 숨어서 오줌이나 질질 싸는 겁쟁이 주제에!!"

불사왕으로부터 몇 방울의 피를 얻어 마족이 된 자가 진성마족이고, 진성마족으로부터 다시 몇 방울의 피를 얻은 자가 바로 열성마족이다.

물려받은 마력의 비율을 따져 보면 열성마족은 진성마족보다 약할 수밖에 없다.

그러나 노비아는 그렇게 약한 편이 아니었다.

그는 우연히 마족의 시체를 발견했고, 그의 육신을 취해서

열성마족으로 태어났다.

진성마족으로부터 한두 방울의 마력을 얻은 게 아니라 모든 마력을 고스란히 물려받은 것이다.

따라서 그는 중급 마족 수준의 힘을 가지고 있었다.

그럼에도 열성마족이란 꼬리표는 떨어지질 않았다.

혹 고위 마족에 버금가는 힘을 가지고 있다 해도 열성마족은 사해에서 절대로 인정받을 수 없었다.

"불사왕이 뭐가 그리 대단하다고!!"

노비아는 이를 으득 갈았다.

그리곤 눈을 번뜩이며 에스트리트를 노려보았다.

그는 조용히 지붕에서 내려왔다.

에스트리트는 시녀들과 화기애애하게 대화를 나누며 마차로 걸어가고 있었다.

그때 키가 자그만 사내가 멀쩡한 길을 놔두고 그들의 앞을 가로막았다.

어느 모로 봐도 시비를 거는 것이 분명했다.

시녀 하나가 앞으로 걸어나와 언성을 높였다.

"무엄하다! 이분이 어떤 분인 줄 알고 이런 만행을 벌이느냐!!"

"알고말고. 에스트리트 공주가 아니냐."

노비아는 이를 슬쩍 드러냈다.

그리고 주먹을 들어 옆으로 휘둘렀다.

주먹에 맞은 시녀의 머리가 빈 수박처럼 박살이 났다.

피가 튀고 눈알이 저 멀리 튕겨 나갔다.

에스트리트는 멍하니 그 광경을 바라보았다.

잔인한 것은 둘째 치고 너무나 비현실적인 광경이었다.

"공주님!! 도망치세요!!"

다들 넋을 놓고 있을 때 시녀장 테리아가 소리를 지르며 에스트리트를 뒤로 힘껏 밀었다.

에스트리트는 테리아의 손에 떠밀려 자신도 모르게 뛰기 시작했다.

무의식적으로 급박한 상황이라는 것을 인식했기 때문일지도 몰랐다.

정신없이 뛰다가 그녀는 뒤를 돌아보았다.

친자매처럼 여겼던 시녀들.

그녀들이 입에 담지도 못할 모습으로 살해당하고 있었다.

노비아가 마지막으로 테리아의 목을 틀어쥐었다.

테리아는 그때까지도 에스트리트에게 도망가라고 외쳤다.

"공주님! 어서……!!"

우득!

말을 미처 잇지도 못한 채 테리아는 절명하고 말았다. 노비아는 그녀의 시체를 바닥에 던진 다음 에스트리트를 보며 웃었다.

"그래, 작은 새처럼 멀리멀리 도망가라. 우리 잠시 동안 즐겨보자꾸나."

슬픔을 느낄 새도 없었다.

에스트리트는 너무도 혼란스러웠다.

자신을 노리는 암살자라면 좀 더 은밀하게 움직여야 하는 것이 아닐까?

어떻게 백주에 사람들도 많은 도로변에서 저런 짓을 저지르는 것일까?

그녀는 드레스 자락을 집어 들고 구두도 전부 벗어 던진 채 필사적으로 달렸다.

좀 더 사람이 많은 거리 쪽으로.

거기라면 누구든 저 미친놈을 저지해 줄 사람이 있으리라.

"누가 좀 도와주세요!!"

이윽고 사람이 많은 광장에 도착한 그녀는 목이 터져라 소리를 질렀다.

그녀의 뒤를 쫓아서 노비아가 광장에 도착했다.

노비아는 주변에 거치적거리는 모든 인간을 손으로 잡아서 찢어 죽였다.

손가락 하나 대지 않고 조용히 죽일 수도 있었지만, 노비아는 살점을 손으로 찢어내는 맛이 너무나 좋았다.

마족이 되기 전에는 어째서 이 즐거움을 몰랐을까!

이 기쁨을 모르고 어떻게 숨을 쉬고 살았을까!!

근방을 순찰하던 경비병들이 소식을 듣고 급히 광장으로 달려왔다.

피에 취한 노비아가 고개를 젖혀 크게 웃어댔다.

"크하하하하!! 오냐! 계속 오너라! 더욱 끌고 와도 좋다!!"

"이런 미친놈!"

경비병이 창을 휘둘렀다.

노비아는 손을 크게 펼쳐 앞으로 내밀었다.

손바닥 안에서 매서운 칼바람이 일었다.

창을 든 병사는 휙 하늘 위로 끌려 올라갔고, 종잇조각처럼 그대로 갈가리 찢어졌다.

키가 큰 나무나 단단한 바위도 예외가 아니었다.

그의 마법은 광장의 화단을 부수고 튕겨 나가 근처 번화가를 덮쳤다.

콰앙!! 쿠우웅!

콰르르!!

강한 폭발음과 함께 건물들이 연쇄적으로 부서지고 무너졌다.

자욱한 먼지 때문에 정확한 피해 규모는 알 수 없었다.

에스트리트는 숨을 몰아쉬며 노비아를 노려봤다.

"하아! 하아!"

그녀는 더 이상 도망치지 않았다.

상대는 인간의 탈을 쓰고 있으나 인간이 아니었다.

본능적으로 그 사실을 깨우쳤다.

도망치면 무고한 사람들이 죽임을 당할 뿐이다.

그렇다면 죽을 만큼 두렵더라도 도망치지 않겠다.

"무엄한 놈! 네놈의 정체가 무엇이냐!!"

그녀는 엄히 불호령을 내렸다.

노비아도 감탄했을 정도다.

"오오! 아주 당찬 공주님이로구먼!"

"죽이려거든 어서 죽여라!"

"용기만 넘치는 아둔한 계집이로다. 그냥 죽이면 재미없잖
느냐. 넝마가 될 때까지 가지고 놀다가 질린다 싶으면 그때
죽여주마."

노비아는 킥킥 웃으며 한 걸음씩 에스트리트에게 다가갔
다.

절대로 서두르지 않았다.

그는 어떻게 해야 초조함과 공포가 극대화될 수 있는지 아
주 잘 알고 있었다.

그래도 에스트리트는 상대의 위협에 지지 않으려고 애썼다.

턱이 떨리면 이를 악물고 숨소리가 거칠어지면 심호흡을
했다.

"킥킥킥."

노비아가 혀를 날름대며 네다섯 걸음까지 접근했을 때다.

"조금 늦었군."

테오발트가 나타나서 검을 휘둘러 노비아를 멀찍이 내몰았다.

하지만 그것은 에스트리트가 본 환상이었다.

누군가가 그녀를 구해주었지만 테오발트는 아니었다.

구원자는 20대 후반의 사내였으며, 머리카락이 이상하게도 하얗게 세어 있었다.

착각을 했던 것은 목소리가 비슷했기 때문이다.

"뭐야, 이건?!"

노비아는 짜증을 냈다.

그때 백발의 사내가 검을 높이 위로 치켜들었다.

칼날에 새겨진 고풍스러운 문양이 은은히 빛나는가 싶더니 갑자기 차가운 냉기가 확 뿜어져 나왔다.

"얼음성검 브룬힐트!!"

노비아는 약간의 특징만으로 단번에 그 신비한 검의 정체를 알아보았다.

"그럼 네놈은……."

말이 다 끝나기도 전에 사내가 땅을 박차고 노비아를 공격했다.

검을 허공에 휘두르자 새하얀 얼음이 뻗어 나왔다.

"이까짓 거!"

노비아는 오만하게 얼음 공격을 받아치려다가 코앞에까지 닥쳐서야 흠칫하며 크게 물러났다.

본능적으로 위험을 느낀 탓이다.

아니나 다를까, 얼음 조각이 팔에 조금 튀었을 뿐인데 그 부위가 시커멓게 썩기 시작했다.

얼음에서 흘러나오는 냉기만으로도 살이 쓰라렸다.

성검이란 물건을 처음 겪어보기에 적잖이 당혹스러웠다.

때를 놓치지 않고 백발의 사내가 재차 공격을 감행했다.

그러나 노비아는 훌쩍 뛰어서 어렵지 않게 검을 피했다.

"멍청하긴! 성검이라 불릴 만한 위력은 있는 것 같지만 그 것도 맞지 않으면 무용지물이다!"

노비아는 조소를 던지며 잠시 상처 입은 팔을 살펴봤다.

그리고 크게 놀랐다.

물속에 잉크가 번지는 것처럼 썩어가는 부위가 급격히 넓어지고 있었다.

그뿐 아니라 육신이 썩는 만큼 본신의 마력을 좀먹어 들어갔다.

"뭐야! 이런 빌어먹을 성검!"

노비아는 욕지기를 터뜨렸다.

어떻게 얻은 마력인데, 절대로 단 한 방울도 잃어버릴 수 없었다.

공주고 뭐고 당장에 응급조치가 필요했다.

서둘러 자리를 뜨려는 그때 백발사내가 흐트러짐없이 공격을 감행했다.

"감히!!"

노비아는 커다랗게 노호성을 터뜨렸다.

성검에서 쏟아져 나온 냉기가 투명한 벽 같은 데 가로막혔다.

그 상태에서 벽을 깨지 못하고 허공에 막대한 냉기를 흩뿌리다가 결국엔 압력을 버티지 못하고 네 갈래로 튕겨 나갔다.

냉기가 사방을 뒤덮었고, 곳곳에 얼음 기둥이 치솟았다.

"그따위 장난감으로 이 몸을 상대할 수 있을 것 같으냐? 이 새끼, 내가 방심하지 않았으면 네놈은 벌써 죽은 목숨이었어!"

노비아는 버럭 소리 지르고 치료를 위해 얼른 자리를 피했다.

모양새가 좀 구차했지만 아주 틀린 말도 아니었다.

노비아가 사라진 뒤 사내는 성검을 거두었다.

칼날에서 뿜어져 나오던 냉기도 순식간에 사라졌다.

그는 천천히 에스트리트에게 걸어갔다.

혈투가 오가는 동안 에스트리트는 조금이나마 정신을 되찾은 상태였다.

무뚝뚝한 얼굴을 한 백발의 사내를 마주 보며 그녀는 깊이 감사를 표했다.

"목숨을 구원해 주셔서 정말 감사합니다. 실례가 아니라면 성함을… 여쭤봐도 괜찮을까요?"

에스트리트는 질문을 한 뒤 침을 꿀꺽 삼켰다.

사내는 고개를 끄덕이고 짧게 대답했다.

"나는 지그문트 폰 베르그이젤이다."

"영웅 지그문트……!!"

피비린내를 가득 실은 바람이 광장을 휩쓸고 있었다.

『불사왕』 3권에 계속…

이경영 소설

SCHÄDEL KREUZ

섀델 크로이츠

[2부] *Philosopher*
필라소퍼

정도를 추구하고 세상을 바로잡는
하얀 왕의 힘이 필요한 역전체 군단.
신의 존재에 가까운 '절대자'와
또 다른 천요의 등장.
그들의 목적은 헨지를 통한
공간왜곡의 문!

주어진 운명에 대항하는 자들과 이를 막으려는 자들.
그리고 밝혀지는 전설의 진실 앞에 또 다른
전설의 존재가 탄생하는데……

섀델 크로이츠, 그들의 임무가 시작되었다.

유행이 아닌 자유추구 -
WWW.chungeoram.com
Book Publishing CHUNGEORAM

CHARM MASTER 참마스터

눈매 퓨전 판타지 소설

부적(Charm)이란

**만드는 자의 정성, 만드는 자의 능력, 받는 자의 믿음,
이 세 가지가 충족되어야 최고의 힘을 발휘한다.**

이계에서 넘어온 영환도사의 후손 진월랑!
아르젠 제국의 일등 개국 공신 가문이었던 이계인 가문, 진가가 하루아침에 몰락했다.
그것도 가장 믿었던 사람으로 인해.

홀로 살아남은 어린 월랑은 하루하루 생존 게임이 벌어지는
살인자들의 섬으로 보내지는데……

**독과 부적의 힘을 손에 넣은 진월랑!
그가 피바람을 몰고 육지로 돌아온다.**

유행이 아닌 자유추구 -
WWW.chungeoram.com
Book Publishing CHUNGEORAM

Book Publishing CHUNGEORAM

청운하 新무협 판타지 소설

백팔번뇌
百八煩惱

세상은 날 버렸다.
나 또한 세상을 버렸다.

神이 선택한 그들이 흘린 쓰레기를…
난 그저 주워 먹었을 뿐이다.
그러므로 난 여전히 배가 고프다.

**일류(一流)가 되기 위해서라면…
난 기꺼이 신마저 집어삼킬 것이다.**

유행이 아닌 자유추구 -
WWW.chungeoram.com

Book Publishing CHUNGEORAM

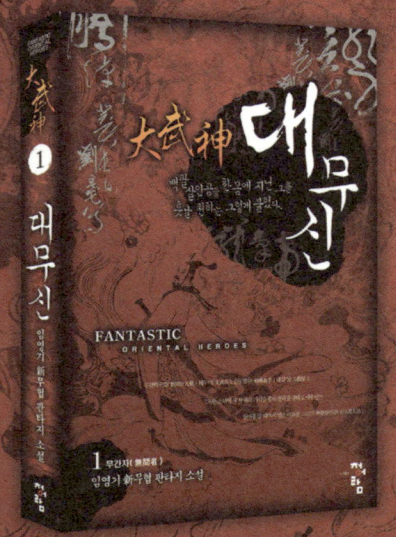

백팔 살인공을 한 몸에 지닌 그를
훗날 천하는 그렇게 불렀다.

大武神 대무신

임영기 新무협 판타지 소설

무간백구호(無間百九號). 태무악(太武岳).
신풍혈수(神風血手). 대살성(大殺星).

고독한 소년이 세 살 때의 기억을 좇아
천하를 상대로 싸우면서 열아홉 살 때까지 얻은 이름들.
그리고 백팔살인공(百八殺人功).

大武神

백팔살인공을 한 몸에 지닌 그를 훗날 천하는 그렇게 불렀다.